うちの殺し屋さんが可愛すぎる

朝香りく

Splush文庫

contents

うちの殺し屋さんが可愛すぎる　5
うちの殺し屋さんとスイートホーム　191
あとがき　222

「よかった、見つけた。探したんですよ瓜生《うりゅう》さん。お久しぶりです」

オレンジ色の間接照明。ジャズとタバコの煙が、絡み合うようにして流れる店内。

東京のはずれ、小さな酒場が軒《のき》を連ねる、通称『地獄谷《じごくだに》』と呼ばれる一角。

カウンターバーの一番奥の席で、八杯目のバーボンで酩酊《めいてい》しかけていた瓜生聡一郎《そういちろう》は、ふいにかけられた声に据《す》わった目をそちらに向けた。

「……誰だ、貴様」

「ひどいな、赤尾《あかお》っすよ。現役時代は随分《ずいぶん》、小遣いを稼がせてもらったじゃないですか」

言いながら隣に座った痩《や》せぎすの男の顔をまじまじと見て、ようやく聡一郎は思い至った。

聡一郎が以前の仕事をしていたとき、裏の世界の情報を仕入れていた刺青《いれずみ》の彫師の男だ。

だが正体がわかったからと言って、決して仲良く一緒に飲みたい間柄ではない。

「ああ、思い出した。だが悪いな。貴様とおしゃべりする気分じゃない」

あっちへ行けと言わんばかりにしっしっと手を振ったが、赤尾は狡猾《こうかつ》そうな笑みを浮かべたまま、動こうとはしない。

「つれないこと言わないでくださいよ。昔は瓜生さん、麻布《あざぶ》辺りの洒落《しゃれ》たバーで飲んでたじゃないですか。そっちも散々回って、やっとここを見つけたんですからね」

「俺の身辺を嗅《か》ぎ回ってたってのか？」

低い声に、赤尾は額の冷や汗を拭《ぬぐ》った。

「そんな人聞きの悪い言い方をしなくても。じ、実はですね、ちょっと折り入って瓜生さんに頼みがありまして」

ああ？　と聡一郎は眉を寄せ、思い切り唇をねじまげた。

「頼みだと。なんだってそれを俺が聞いてやると思うんだ。貴様にはなんの義理も借りもない、他をあたってくれ」

「いやいや、悪い話じゃないんですよ。むしろ瓜生さんにとっては、かなり美味しい話というか」

赤尾は三十代前半といったところで、聡一郎と変わらぬ年齢に思えるが、こちらの機嫌を取るように敬語を使う。

ふん、と聡一郎は鼻で笑った。

「他人から持ちかけられる美味い話なんてのを、誰が信じるか。本当に美味しかったら、独り占めをするかせいぜい身内で分け合うのが、人間てもんだろう。俺と貴様の関係で、そんなことはありえない」

「そ、そう警戒しないでくださいよ。せめて聞いてから判断してください」

ますます胡散《うさん》臭く感じた聡一郎は、酒で濁《にご》った目を赤尾の背後に何気なく向け、眉を顰《ひそ》める。

そこにはあまり明るくない店の照明に、ぼんやりと浮かぶ白い細面《ほそおもて》の顔があった。

聡一郎は、乱れて額にかかった前髪をかき上げ、薄く笑う。

「いや、話を聞くまでもないな。赤尾。貴様、ヤバイことに手を出しやがったんだろう。近いうちに、死ぬぞ」

げっ、と赤尾は青くなった。

「不吉なこと、言わないでくださいよ！　なっ、なんだってそう思うんですか」

額の冷や汗を拭う赤尾に、それはな、と聡一郎は背後を指さす。

「貴様の後ろに、お迎えが来てるからな」

「はいっ？」

「後ろに背後霊だか死神だか知らないが、取り憑《つ》いているやつが見える」

赤尾はうろたえて振り向き、そして納得したようにホッとした顔つきになる。

「の、飲みすぎですよ、瓜生さん。まあ確かに死神って渾名《あだな》でしたけどね、こいつは。瓜生さんはさすが、人を見る目がある」

「ああ？　生きてるのかそいつは」

「もちろん生身のガキっすよ。で、話ってのもこいつのことなんです」

ふーん、と聡一郎は話に興味を持てないまま、曖昧《あいまい》にうなずいた。

赤尾は腰を低くし、新人のセールスマンでもあるかのように、必死に笑顔を作る。

「こいつをですね。しばらく瓜生さんに、預かってもらえないかと……ほら、来い」

赤尾はびっしりと手の甲や指にまで墨の入った手で、背後にいた青年の腕をつかんでぐいと引き寄せる。

青年といっても、ようやく少年期を脱したといった感じで、肩も腰も薄く頼りない。

聡一郎が酔った目を凝《こ》らすと、黒ずくめの服と長めの髪が、小さな顔を包んでいるのが見て取れる。

色素の薄い薄茶色の大きな切れ長の瞳が、不思議そうにこちらに向けられていた。

「預かってもらいたいってのは、どういう意味だ。俺に、死神の護衛でもしろってのか」

聡一郎の仕事は、フリーランスのボディガードだ。

高額な報酬でなくては動かないが、文字通り命を張る聡一郎の仕事ぶりは上流階級にまで広く知れ渡っていて、政治家から芸能人まで護衛の依頼は引きも切らない。

一般人からの仕事も引き受けないではないが、基本は紹介だけで半年先までスケジュールが埋まっていた。

「いやまあ護衛と言いますか。保護といいますか」

断る、と聡一郎は即答した。

「冗談じゃねえ。得体の知れないガキを家に置けるか」

「そんな冷たいことを言わずに、よく見てくださいよ。ほら、こいつの顔」

赤尾は青年の髪をつかんで聡一郎のほうに近づけ、声を潜《ひそ》める。

「ね。死神なんて渾名とは程遠い、天使みたいな可愛《かわい》い顔してるでしょ。瓜生さんが男もいけるってのは知ってますし。……実はですね」

赤尾はますます声を小さくして、他に一組だけいる客やカウンターの中の店員を気にするように、顔をしかめる聡一郎の耳元に口を寄せた。

「この前、シャブ関係から手入れが入って、壊滅状態になった瑞仙会《ずいせんかい》って組があったじゃないスか。でかい組だったから、一時期はニュースも新聞もその話題で持ちきりだったでしょ」

「ああ、昔のつてもあるからな。ひと通りの事情は知ってるが」

「こいつはそこの、組長の愛人というか、玩具《がんぐ》だったんですよ」

すごいでしょう、という顔をする赤尾に、聡一郎は気のない返事をした。

「……瑞仙会か。まあ、言われてみれば顔だちは悪くない。しかしなんで死神なんて物騒な渾名がついている」

「それはまあ、お迎えに来るのは天使だったりもしますしね。ほら、なんとかの犬ってアニメ、あれは天使がいっぱい来てガキの魂《たましい》を天国に連れていっちまうでしょ？」

「でしょって言われても知らん」

「と、ともかくこのツラですからそりゃ可愛がられて、身体のほうもしっかり躾《しっ》けてあるんで、なにしたって嫌がりません。無料で毎晩楽しく遊べる」

しかしな、と聡一郎は鬱陶《うっとう》しく落ちかかってくる前髪を、それが癖のようにかき上げた。

「俺は死神に世話になるほど不自由していないし、そんなものと関わるのは御免《ごめん》だ」

「頼みますよ。こいつはガキの頃からそんな生活で、世間てもんをなんも知らない。ひとりじゃ生きていけねぇし、施設に入るには育ちすぎちまってる。ね。可哀想《かわいそう》でしょ」

「そりゃ気の毒だが、俺の知ったことじゃないな。マスター、勘定」

アルコールと薄暗い店の照明がじわじわと眠けを誘い、赤尾の話を聞いているのも億劫《おっくう》になってきて、聡一郎は腰を上げた。

ただでさえ聡一郎は何年も、プライベートで人と深く関わることを避けるようにして生きてきた。

一仕事終えてギャラを手にして、その日美味い酒が飲めればいい。

こんな生活を続けていたら、いずれ孤独にのたれ死ぬぞと昔を知っているものは大抵そう忠告してきたが、それこそが聡一郎の望みでもあったので、右から左へと聞き流していた。

自分の能力を生かして派手に生き、好きなことをしてパッと死ねたら本望だ。

だから金で割り切れない人間は、聡一郎にとって邪魔なだけだった。

「どいてくれ、俺はもう帰って寝る」

赤尾と青年を押しのけるようにして、聡一郎は狭い店の外へ出た。

外も決して、広くはない小路だ。車も通れない細い路地の左右両側に、スナックやバーがずらりと並んでいる。

かつてこの辺りはいわゆる赤線地帯だったらしいのだが、路地の入り口と出口が急な砂利道の坂になっており、泥酔したり遊び疲れた客は足を取られ、蟻《あり》地獄のように上がれなくなったらしい。

そこからついたのが『地獄谷』という呼び名だったが、聡一郎は気取らずに飲めるこの場所が気に入っていた。

今では坂道も手すり付きの階段になっており、聡一郎は酔った足どりでふらふらと上っていく。

「待ってくださいよ、瓜生さん」

慌《あわ》てて後ろから、赤尾が追ってきた。

「頼みます。も、もちろん無料とは言いません。これでお願いします」

しつこいぞ、と振り向いた聡一郎のポケットに、封筒が押し込まれる。

「二百万あるんで。当分これで養えますよ。こいつの食費なんざたかがしれてますから」

ん？　と聡一郎は赤尾の話に、初めてまともに興味を示した。

「……仕事か。仕事だったら一応は考えてやってもいい……おい、死神、ちょっと来い」

顎《あご》をしゃくると、赤尾は青年をぐいと聡一郎のほうへ押しやった。

「お前、名前はなんていう。年は」

青年は、どうすればいいのかというように、赤尾のほうを見た。赤尾がうなずくと一歩前に出て、ぺこりと頭を下げる。

「こんにちは。ええと、今日からお世話になります、よろしくお願いします。……って、言えって言われた」

「……ああ？」

「名前は、亜鳥《あとり》。年は、十……七？　じゃない、この前、八になった」

聡一郎は眉を顰め、十八歳にしてはひどくたどたどしい自己紹介を訝《いぶか》し気に眺めた。

亜鳥は童顔の上に妙に澄んだ瞳をしていて、それが印象的に大きく淡い色をしているせいもあり、なんだか本当に地獄に迷い込んで途方にくれる、天使のように見えてくる。

少し飲みすぎた、と聡一郎は軽く頭を振った。

「おい赤尾。やっぱり俺は、こんな厄介《やっかい》そうな死神もどきのガキは……」

言いながら頭を上げたが、そこに赤尾の姿はない。

「じゃ、頼みましたよ！　金は確かに払いましたからね！」

声のしたほうにぐるりと首をひねると、すでに階段を駆け上がった赤尾の背中があった。

「ちょっと待て、貴様！　まだ俺は引き受けてないだろうが！　そもそも、正式に請け負うとなったら契約書を……赤尾……おい！」

喚《わめ》いても戻ってくる気配はなく、聡一郎はチッと大きく舌打ちをした。

普段ならば赤尾ごとき、今から追いかけても余裕で捕まえられるのだが、足にくるまで飲んでしまっている状況ではどうしようもない。

「クソ。……まあいい。お前が本当に死神でも、それはそれで悪くないしな。ともかく帰るぞ。俺は眠い」

「帰るって、どこ？　そこが俺の、今度の家になるのか？」

無邪気な顔が、一瞬不安そうに曇った。

「どこってお前、居場所がないんだよな？　だったら俺の部屋に来るしかないだろうが」

聡一郎が言うと、背後から後光が差したように、パアッと亜鳥の表情は明るくなる。

「じゃあ、そこが家？　もう元のところには戻らない？」

「……とりあえずは、そうなるな」

なんだこいつと思いつつ歩き出すと、亜鳥はスキップでもしそうな弾む足取りでついてきた。

大通りでタクシーを拾い、三十分ほどで自宅であるマンションに到着する。

「ほら、なにをやっている。さっさと入れ」

入っていいのかとまどうように、玄関ドアから首だけ覗《のぞ》かせている亜鳥の背を、聡一郎はぐいと押した。

「……ここが、聡一郎の家か」

「そうだが、なんで俺を呼び捨てにする」

「だってさっきの人、聡一郎に会う前はずっと、ぼったくりの聡一郎とか、荒稼ぎの聡一郎とか呼んでいたから」

あの野郎、と思ったが、この奇妙な青年に当たっても仕方がないと、聡一郎は肩をすくめる。

妙に人懐こく子供っぽい口調に、世間知らずというより、どこか異様なものを感じたせいもあった。

もしかしたら、まともな教育を受けていないのかもしれない。

案の定、部屋に上がった途端《とたん》、亜鳥はおかしな行動をとり始めた。

「……おい。人の家の中を、勝手にちょろちょろするな」

「だって、ここすごい！　なんか知らないものばっかり、いっぱいある！　聡一郎、これなに？」

差し出されたのは置いてあった工具箱で、重たいそれをガシャガシャと亜鳥は揺する。

「揺するな、うるさい。おい、触るな」

「なにが入ってるの？　なにをするもの？」

しまいにガチャーン！　とけたたましい音を立てて蓋《ふた》が開き、ドライバーやペンチが床にぶちまけられた。

「いい加減にしろこの疫病神《やくびょうがみ》！」

怒鳴って中が空っぽになった工具箱をひったくると、亜鳥はぴたりと静かになった。それから急におずおずと、大きな目で見上げてくる。

「ごめんなさい……！」

はしゃいだ様子から一転、表情をこわばらせた亜鳥に、思わず聡一郎は動揺した。

「……わかればいい。夜遅いんだ、静かにしろ。近所迷惑になる」

「うん。静かにする」

亜鳥は素直にうなずくと、再び興味津々で部屋の中を探索しだす。

想像以上の厄介者のようだと聡一郎はげんなりしたが、静かにしろという意味は通じたらしく、音を立てなくなったのでまあいいかと溜め息をつく。

こちらもかなり酔っていたので、シャワーを浴びてバスルームから出たときには、ペットでも預かったくらいの感覚になっていた。

思っていた以上に深酒していたらしく、シャワーを浴びてもすっきりするどころか、温まったせいで酔いはますます回ってきている。

――飲みすぎだな……早いとこ寝るか。

適当に身体を拭いてベッドへ向かい、ごろりと横になったところで、亜鳥の寝床をどうするかということに、ようやく聡一郎は思い至った。

「おい、死神……ちょっと来い」

「亜鳥だよ。死神じゃない」

　文句を言いつつ、亜鳥はパタパタとベッドまで走ってくる。

「ベッドはひとつ。余分な布団はない。そしてお前にベッドを譲《ゆず》る義務もない。ソファか床で勝手に寝ろ」

　いいな？　と亜鳥を見ると、紅茶のような色の大きな瞳が、じっとこちらを見返した。

「うん、いいよ。俺、ひとりで遊んでるから」

「遊ぶ？　今何時だと……」

　説教しかけた聡一郎の頭に、赤尾の言葉がふと浮かぶ。

『――身体のほうもしっかり躾けてあるんで、なにしたって嫌がりません。無料で毎晩楽しく遊べる』

　口をつぐんだ聡一郎に、亜鳥は不思議そうに顔を近づけてきて、じっと眼の中を覗き込んでくる。

　ふっくらした唇と印象的な大きな瞳、少年と青年の中間のような、首から鎖骨にかけてのラインが黒い服のせいで余計になまめかしく際立ち、ひどくそそった。

　欲しい、と酔った聡一郎は感情のままに手を伸ばす。

「やっていいんだったよな、確か。おい、試させろ」

つぶやいて細い身体を引き寄せると、おとなしくされるがままになっている。

頬に手を添えて唇を重ねても、瞳はきょとんと開かれたままだった。

かすかに開いた唇の隙間に舌をしのばせると、尖《とが》った肩がピクリと跳ねる。

それでも抵抗はされず、聡一郎は思うさま小さな口腔《こうこう》を深く貪《むさぼ》り、そのままベッドに亜鳥を押し倒した。

聡一郎は最近、誰とも身体を重ねていない上に、ひどく酔っていた。

赤尾には不自由していないと言ったが、久しぶりに感じる他人の体温を、本能で求めていた。

「ん……んぅ……」

されるがままになっていた亜鳥の唇の端から唾液が零《こぼ》れ、顎を汚す頃になって、苦しそうな声が漏れた。

「っふ、はあ……っ、んん」

息をしていなかったらしく、短いキスの合間に亜鳥は必死に息継ぎをする。

「なんだ、お前。ヤクザものの下ですれてるだろうに、可愛い反応をするやつだな」

聡一郎は言って、汗のにじんだ亜鳥の額から髪をかき上げ、まじまじと顔を覗き込む。

丸いおでこが子供のようだと思い、ふ、と笑うと急に白い頬が真っ赤になった。

「い、今のは……キス、だった？」

思いがけない言葉に、さらに聡一郎は苦笑する。

「なんだ。仕込まれた身体には物足りなかったか？」

けれどそうではないことに、聡一郎は気が付いていた。

身体の触れているところから、亜鳥のものがたったこれだけのことで、熱と硬度を持っているのがわかったからだ。

「足りないどころか、もう充分に感じているみたいだな」

「っあ……！」

股間に足を入れてぐっと押すと、それだけで亜鳥は甘い声を出した。

「なっ、なに……！　やっ、あ」

その部分に手を伸ばすと、亜鳥は急に腰を引こうとする。

「なんだ。気持ちいいんだろうが」

「俺っ……お、おかしい、駄目……っ」

ドッドッドッと、亜鳥の鼓動が急激に速くなっていくのが、密着している胸から伝わってきた。

「……ああっ！」

下着の中に手を入れると、大きく身体が震えた。すでに先端は濡れていて、もう限界というほどに反り返っている。

「駄目、と、溶けちゃ……っあ、あ」

ほんの少し指を動かすだけで、ひくんひくんとわななく細い身体は淫《みだ》らだが、どこか痛々しくもある。

――なんだ？　本当にやっちまってよかったんだよな……？

違和感に、かすかに聡一郎が眉を顰めたそのとき、ひときわ大きく腰が跳ねた。

「ひっ、ああッ！」

「……亜鳥、お前……」

キスと手だけで、あっという間に達してしまったらしい。

ベッドサイドのティッシュで放ったものを拭うと、はあはあと荒い息をついて亜鳥はぐったりとしてしまっている。

おかしなやつだと思いながら、聡一郎はその様子をぼんやり見た。

白い頬はまだ火照《ほて》って朱《しゅ》が差し、薄茶色の瞳は潤み、綺麗《きれい》な顔だと素直に思う。

鈍感なのか過敏なのかよくわからない反応にはとまどったが、聡一郎のやる気はそがれていない。

だが、そこまでだった。アルコール漬けの脳を急激に襲ってきた睡魔には抗《あらが》いようがなく、聡一郎はいつの間にか亜鳥の傍《かたわ》らで、ぐっすり眠ってしまったのだった。

た。

◇◇◇

——聡一郎はちゃんと答えてくれなかったけど。俺は知ってる。さっきのは、キスだ。

亜鳥は上体を起こし、横でつぶれてしまった聡一郎の寝顔を、しばらくじっと見つめていた。

右手の指先で自分の唇に何度も触れ、さっきの感触を思い出す。

それから自分の乱れた着衣に視線を移し、次にゆっくりと部屋の中を見回した。

聡一郎が電気をつけたままだったため、室内の観察は容易だった。

二十畳ほどの広さの部屋は、お世辞にも綺麗とは言いがたい。

ベッドの周りは脱ぎ散らかされた衣類が折り重なっているし、あちこちにゴミ袋や酒瓶、食品類の空袋などが転がっている。

——知らない場所。見たことのないものだらけだ。だけど、この男と……聡一郎とキスをしたってことは……。

「結婚したってことだな！」

確認するように小さく声に出して言って、亜鳥は何度もうなずいた。

——世話人たちが俺を預けた赤尾という人は、次に行くところで、一緒に住む人の言うことを聞くように言っていた。急にどうしたんだろうと思っていたけど、そうか、俺が結婚するからだったのか。……聡一郎は目つきが悪くて、固くて長い手足で、若い狼みたいだけど。きっと俺のほうが強いから、聡一郎がお嫁さんになるお姫様で、俺が王子様だな。

かっこいい人でよかった、と亜鳥は思い、そっとベッドを抜け出した。

——俺は結婚したから、あの場所から抜け出せたんだ。これからは新しい生活が始まる。この家で、聡一郎と。

亜鳥は期待に胸を膨《ふく》らませつつも、緊張と警戒心を緩めないまま、ものだらけのフローリングの床に足を下ろす。

たとえ嫁との新居とはいえ、まったく知らない場所では眠るどころかくつろぐことさえ、亜鳥の性分ではできない。

まずは半分だけカーテンの閉めてある窓に近づき、外を眺めた。

「うわ……」

部屋はびっくりするほど高層で、見下ろす暗闇の中に街の明かりがびっしりと浮かび、遠くに立ち並ぶビルの上ではチカチカと赤い光が点滅していた。

地上を走っている車が、とても小さく虫のように見える。

——す、すごい。キラキラして、おもちゃの街みたいだけど。……少し、怖い。

好奇心はあったが、見ているうちにくらくらしてきて、慌てて亜鳥は窓から離れた。

常に冷静でいるよう努めてきたはずなのに、ずっと胸はドキドキしていて、興奮が収まらない。

ただでさえこの部屋の中は、亜鳥にとって見慣れないもの、初めて見るもの、興味を引かれるもので溢《あふ》れ返っていたのだ。

まず危険が潜んでいないかと、トイレやバスルームのドアを開いてみる。そこにも物が散乱していたが、利用はできる範囲だ。

とりあえず危険物はないと判断し、次は家具の裏やベッドの下などを覗いて、怪しい仕掛けなどがないかを調べる。

静まり返った室内で、突然ブーン、ガタガタという音がしてギクッとしたが、冷蔵庫が発したものだと気が付いて胸を撫《な》で下ろした。

寝ている聡一郎を起こしたら怒られるかもしれないと思い、忍び足でキッチンへ向かうと、あまり亜鳥には馴染《なじ》みのない食材や生ゴミの匂いがする。

亜鳥にとっては散らかっているということに、特に悪い感情はない。

これまで極端に物がない暮らしをしていたので、むしろ新鮮で面白いと感じるくらいだ。

それよりもふと、少し前まで自分の生活を支配していた、『世話人』という男たちのことを思い出した。

――あの人たちも、俺といないときは、こんな匂いや色に囲まれて暮らしていたのかな。

自分が生活することを強いられていた、殺風景なプレハブ小屋と違う外の世界を、いつも亜鳥はあれこれ想像していた。

今はその、空想でしかなかった外側の世界にいられることが、嬉しくて仕方ない。

――赤、緑、オレンジ色。この部屋には、色がたくさんある。なんて楽しくて、にぎやかなんだろう。

部屋の隅には大量にまとめて置いてある空瓶や、雑誌の束。

それに空き缶やペットボトルの入った、大きなゴミ袋もある。

さらに亜鳥の興味を引いたのは、その隣にある大きな本棚だった。

物心ついた頃から、亜鳥にとって最大の娯楽は数冊の絵本だけだったのだ。

母親と暮らした短い期間のあと、施設という場所から先日まで住んでいた家に連れてこられたとき、唯一持っていくことを許可されたのが絵本だった。

許可されたというよりは、どうしても手放さない亜鳥の強情さに根負けして、仕方なくという状況ではあったのだが。

あまりに何度も読んだため、どれもページは糊付《のりづ》けが取れてバラバラになってしまっていたが、中身はすっかり頭の中に入っている。

「前の家で読んだのは同じ本ばかりで、全部覚えちゃってたから……ああ……でも、駄目だ。これなんか、表紙の絵はすごく綺麗なのに。字が難しくて……」

亜鳥は期待を込め、一冊ずつ本を取り出してみては中身を確認して落胆の溜め息をつき、次の一冊にまた指をかける。そうして。

「……やった、この本は、絵がいっぱい……鳥だ！　こんなに綺麗なたくさんの鳥、初めて見た！」

興奮気味につぶやくと、亜鳥はずっしりと重量のある鳥類図鑑を抱え、埃《ほこり》だらけの床にしゃがみ込む。

書いてあることはわからなくても、ページをめくるたびに見たこともない色鮮やかな鳥たちが、次々に目に飛び込んできた。

「青い鳥や、緑の鳥なんているんだ……この鳥のくちばしは、なんて大きくて立派なんだろう。こんな鳥が本当に空を飛んでいるのかな。俺は鳩《はと》とカラスくらいしか、見たことないのに」

亜鳥は時間が経《た》つのも忘れ、ゴミの中に埋もれるようにして、分厚い図鑑に夢中になる。

あまり急いで読んだらもったいない気がして、一ページずつじっくりと眺め、すべて見てしまうと満足の溜め息をつく。

さらに本棚には鳥類図鑑だけでなく、昆虫図鑑や動物図鑑もあった。

そうして亜鳥は部屋の片隅で、図鑑のとりこになってしまったのだった。

どれくらい時間が経ったのだろう。

図鑑を読み耽《ふけ》っていた亜鳥は、自分に向けられた視線を察知した途端、反射的に身構える。

「……あー……お前は……なんでここにいるんだったか……」

そこにはベッドで眠そうな目を瞬かせる、寝起きの聡一郎がいた。

亜鳥は本を元の場所にしまい、ベッドの傍《そば》に近づいていく。

「あの。俺は、赤尾って人に連れてこられて」

「そうだった、死神だったな。クソ、厄介なものを……赤尾のやつ、一仕事終えると俺が酒浸りになるのを知ってやがったな……」

寝乱れた髪をかき上げ、疲れた声で愚痴《ぐち》っていた聡一郎だったが、じっと見つめている亜鳥の視線に今気が付いたというように上体を起こした。

「悪い、もう一度名前を教えてくれ」

気だるげな様子と、うっすらと生えた無精ひげに、なぜだか亜鳥はドキリとしてしまう。

「あ……亜鳥」

「そうだ、確かそんな名前だったな。……しまった、こんな時間か」

聡一郎は携帯電話で時刻を確認すると、急いでベッドから降りた。

服を脱ぎ捨てると、亜鳥の視線に頓着《とんちゃく》せずバスルームへと向かう。

「おい死神。風呂から出たら飯《めし》の用意をしてやるからお前もあとで入るか、洗面所で顔を洗え。俺はもうすぐ出かける」

「死神じゃなくて、亜鳥だってば」

亜鳥は言い返したが、聡一郎とすれ違うときに内心ドキドキしながら、引き締まった背中を見送る。

すぐにバスルームからシャワーの音が聞こえてきたのでそちらへ向かうと、脱衣所の脇に洗面所があった。

洗面台は、空っぽのなにかのチューブやボトルが並んでいて邪魔だったが、それを避けて亜鳥は洗顔を済ませる。

次になにをしていいのかわからず、リビングへ戻って立ち尽くしていると、間もなく石鹸《せっけん》のいい匂いと一緒に聡一郎が戻ってきた。

「なにを突っ立ってやがる。そのへん、どこでもいいから座ってろ。……しかしお前、目の下が青いな。夕べあまり眠れなかったのか？　いや、そもそもベッドは俺が占領しちまってたしな」

「え？　う、うん。でも眠くなかったから」

「……そうか。まあ特にすることもないようだし、俺が仕事に行ったらせいぜい昼寝でもしてろ」

「昼寝？　ひ、昼に寝るの？　なにもしなくていいの？」

びっくりして尋《たず》ねると、聡一郎は首を傾げた。

「なんだか調子が狂っちまうな、お前と話してると。まあいい、今はともかく朝飯だ」

言って聡一郎は、スウェットの下だけをはいて首にタオルを引っかけた格好で、冷蔵庫を開けた。

亜鳥はダイニングテーブルの椅子に、もじもじと所在なく腰掛ける。

ぼうっとしているばかりでは聡一郎に悪いと思うのだが、なにをどうしていいのかまったく見当がつかない。

それほどにこの環境は、これまでとまったく違っていた。

「なにか好き嫌いはあるか？　といっても、ろくなものはねえぞ。客が来る予定はなかったからな」

「好きとか嫌いとか。別に、ない」

「そうか。じゃあカップ麺で我慢しろ」

うん、と答えて、亜鳥はじっと聡一郎の手元を見つめていた。

聡一郎は湯を沸かし、自分のマグカップとカップ麺にそれぞれ注ぐ。

「聡一郎は、なにも食べないの？」

数分後、亜鳥の目の前にはカップ麺が置かれたが、聡一郎はマグカップの黒い液体を飲んでいるだけだ。

「ああ。俺はいつも珈琲《コーヒー》だけだ」

「それでいいの。お腹、空かない？」

「どうでもいいだろう。俺のことはいいから、さっさと食え」

言われて亜鳥は、出された割り箸《ばし》ですくうようにして、カップ麺に口を付けた。

あっ！　と亜鳥は声を上げる。

「なんだか、昔、食べたことがある気がする。この、長くて細いの」

「昔？　……しかしひどい箸の持ち方だな。洋食ばかりだったのか？　まあ組長の愛人なんかやっていれば、さぞかしいいものを食ってたんだろうが」

いいもの、ってなんだろうと今度は亜鳥が首を傾げる。

「こ、こんなのは食べてない。えっと。俺が毎日食べていたのは、朝に二本、昼に一本、夜に二本のバーだ。あと、どろっとしたのはよく飲んでた」

説明すると、聡一郎は眉を寄せる。

「なんだそれは。組のおっさんのをしゃぶってたとでもいう話か」

ええと、と言われていることの意味がわからず、亜鳥は頭を巡らせる。以前の暮らしでは、食事のメニューについて説明されたことがなかった。

「おっさんのなのかは、わからない。そ、それから白い玉や黄色い玉をいっぱい飲んだ。足りないものがあっても、それを飲むといいって」

聡一郎は口に持っていきかけていたマグカップから手を離し、さらに眉間の皺《しわ》を深くした。

「なんだそれは、薬の話か？　しかし……それにしてはお前、細いわりに不健康という感じはしないな。体型維持のダイエットでも強要されていたのか」

「体型……たまに、しんたいそくてい、っていうのはした。でも、ダイ、エト？　は知らない。それは、したほうがいいの？」

「いや、俺は知ったことじゃないが、ぶくぶく太ると、可愛がってもらえなくなっちまうだろうって話だ」

「え？　可愛がってもらえなかったよ。でも、それは別にいい」

亜鳥は言って、ポッと頬を染める。

「だって、か……可愛いっていうのは、好意を持つってことだ。その。そういうのは俺、結婚相手にだけだ、って思ってたから」

はあ？　とこれまでで最大の角度で、聡一郎は首を傾ける。

「今時珍しいが、まあそれはお前の自由だから、好きにすればいいが。……どうもあれだな。まるっきり嚙み合っていないな、俺たちの会話は」

「でっ、でも聡一郎は、昨日俺に可愛いって言って、それでキスをしたぞ」

「ああ？　あ、ああ。……そういえば……悪かったな。なんとなくだが覚えている」

でしょ？　と亜鳥は割り箸を置き、上目遣いでじっと聡一郎を見つめる。

「謝らなくていい。俺はちゃんと、本で読んで知ってるんだ。キ、キスをしたふたりは、その、結ばれて、ぴかぴか光る結婚指輪をして、いつまでもいつまでも幸せに暮らしましたとさ、って」

両手を組み合わせ、将来を想像しながら宙を見つめて亜鳥は言う。

すると聡一郎の目つきの鋭い精悍《せいかん》な顔に、異空間にでも迷い込んだような当惑した表情が浮かんだ。

「おい、待て。暮らしましたとさ、って言われても……なにがどうしてそう思えるのか、俺にはさっぱりわからんぞ」

「だって聡一郎は、俺を宝物でいっぱいの部屋に連れてきてくれたし、こうして美味しいご飯も作ってくれたじゃない。だから俺は」

恥ずかしくなってきて、亜鳥は俯《うつむ》いた。

「俺は……聡一郎が俺のお嫁さんで、よかったと思ってるけど、聡一郎は違うのか」

聞いている間に珈琲を飲みかけた聡一郎は、むせたらしくゴホゴホとせき込んだ。

「と、ともかく俺は仕事に行かなきゃならない。お前のよくわからん思い込みの話は、また今度だ」

えっ、と亜鳥はまだカップ麺が半分ほど残っている、自分の前の器を見た。

「まだ俺、全部食べてない！」

悲しそうな声に、聡一郎は肩をすくめる。

「そんな未練がましそうな顔をするな。お前はそのまま、ゆっくり食え。それから……昼飯と晩飯は、なんか適当に買え。留守番が嫌なら出て行っちまってもかまわねえ」

赤尾がポケットにねじ込んだ封筒から紙幣を抜き出し、聡一郎は亜鳥に差し出してくる。

「……う、うん……買う……」

おずおずと受け取ろうとすると、聡一郎は困惑《こんわく》したような顔をしている。

「なあお前、別に監禁されてたわけじゃないんだろ。自分のことは自分でできるんだよな？初めてのお使いを後ろから見守る暇は俺にはねえぞ」

なにもわからないことだらけでは、さっそくお嫁さんに嫌われてしまう。

買い物のことなど知らないが、知っていることにしようと亜鳥は考えたのだが。

「わ、わかる。お店で、これくださいって言って、それで……」

「この紙一枚でなにが買える？」

言葉を遮《さえぎ》り、聡一郎は紙幣を指でつまんでひらひらと振った。急な質問に、亜鳥はしどろもどろになる。

「それはその……おっ、おだんごと、おまんじゅうと、あと、お花と……」

必死に、幼い頃遊んだお店屋さんごっこを思い出しながら出した答えを、聡一郎は一蹴《いっしゅう》した。

「お前は仏壇に供《そな》え物でもするつもりか？　もういい。ちょっと待ってろ」

言うや否や、聡一郎はスウェットにパーカーをひっかけ、玄関を飛び出してしまった。

――ど、どうしよう。俺、もうお嫁さんに逃げられちゃったんだろうか。

追いかけたいが、待っていろと言われたのだからと、しばらく亜鳥は不安な気持ちを我慢して、じっと椅子から動かずにいた。

と、十分もせずに玄関ドアが開く音がしてホッとする。

「帰ってきた！」

自分でもびっくりするくらい、嬉しそうな声が出た。

聡一郎は面食らった顔をしながら、ほら、とビニール袋を差し出してくる。

「そのまま食えるものばかりだから、これを食ってろ」

受け取った袋の中には亜鳥が幼い頃に見た記憶があったり、初めて見る食べ物が、いろいろと入っていた。

「これ、全部食べていいの？　いつ食べてもいいの？」

興奮気味に亜鳥は尋ねるが、もうこちらの声はほとんど耳に入らないといった様子で、慌ただしく聡一郎は外出の支度を始めていた。

やがて身支度を終えると、亜鳥を手招きして正面から肩に手を置く。

髪をセットして、細身のジャケットを着た聡一郎は、色っぽかった寝起きのときとはまた別の、きりりとしたかっこよさがあった。

ぽわん、と自分の頬が熱を持つのがわかる。

――ぎゅってして欲しいな。

厚い胸板を見てそう思ったが、残念なことに聡一郎は抱き締めてはくれなかった。

代わりに鋭い眼でこちらを一瞥《いちべつ》し、真剣な声で言う。

「夕べは酔っていて、お前の事情がまだよく把握できていない上に、今は時間がない。だからいいか。俺が帰ってくるまでは、絶対に玄関のドアを開けるな。チャイムが鳴ってもだ。窓も開けるな」

「……うん。わかった」

それから、と聡一郎の視線が、わずかに緩む。

「自己紹介が遅れちまったな。俺の名前は、瓜生聡一郎。フリーランスでボディガードを請け負っている」

「聡一郎っていうのは、知ってる。ぼでーがあどは、知らない」

「そうか。まあ、知らなくても支障はない」

聡一郎の両手が肩から離れた。と思ったときにはすでに聡一郎は身をひるがえし、玄関へと急いでいた。

「いいか、そのへんの棚や引き出しを勝手に開けたり、散らかしたりするんじゃねえぞ！おとなしくしていないと、すぐにでも追い出すからな」

言い捨てると、聡一郎は出かけてしまった。

――それは困る。……おとなしくしていよう。

残された亜鳥は、まず言われた通りに鍵を閉め、それから聡一郎が持ってきてくれた袋の中身を確かめる。

「これも。これも、みんな美味しそう。……いいのかな、こんなに」

つん、と亜鳥の鼻の奥が熱くなる。

こんなに人から優しくしてもらっていいのだろうか、と感激していたのだ。

「怒られたと思ったけど、嫌われたんじゃなくてよかった。やっぱり、結婚したからだよな。お嫁さんじゃなければ、こんなに優しくしてくれるはずがない」

満ち足りた思いで亜鳥は、改めて室内を見回した。

外はかなり寒かったはずなのに、ここは空調が効いていて暖かい。

散らかっているけれどなにもないより楽しいし、なにより危険な気配が感じられなかった。

――俺は絶対、もう元の家には戻らない。これからはずっとここで聡一郎と、いつまでも仲良く暮らすんだ。

コンビニの袋を胸に抱き、きつく目を閉じて、亜鳥は胸に誓ったのだった。

きっちり十二時に食べたのは、ツナマヨというおにぎりと、中にとろとろした黄身色のクリームが入った丸いパンだった。

あまりの美味しさに、亜鳥は食べている間中、ずっとニコニコ顔になってしまっていた。

冷蔵庫だけは開けていいと言われていたので、昔飲んだ記憶がある牛乳を飲み、美味しさに感激しながらコップに三杯飲んで満腹になる。

食べ終えると昨夜に続き、部屋の探索に取りかかった。

どうやら危ないものや、自分を監視するものはないとわかったが、見慣れないものもたくさんあり、特に機械類には触らないようにした。

室内には物が散乱していて汚れているが、本来の聡一郎は、結構几帳面なのではないかと亜鳥は思う。

というのも、本や雑誌の分類などはきっちりしているし、埃をかぶった書類や使われていなそうな小物類は、整然と並べられているからだ。

部屋の隅には大量の、茶色や緑色の空き瓶が、ぎっしりと隙間なく並んでいる。ラベルはいずれも外国語で、読むことはできない。

鼻を近づけると、むっとするような刺激臭がした。

聡一郎がカーテンを開け放ったため、窓の外の景色はいやでも目に入ってしまう。

亜鳥は過去に一回だけ、こうした高層の建物を訪れたことがある。

いずれも世話人の男たちに命じられたからだが、慣れない高所からの風景にたじろいだせいで、きちんと仕事が果たせなかった。

そのため次の日はまるまる食事を抜かれて、余計に高い場所が嫌いになってしまっていた。

昼の眺望は夜よりさらに高所だということが際立って、見たいと思う反面、まだ怖い。

以前暮らしていた部屋は小さな窓がひとつだけで、開けてもコンクリートの壁しか見えなかったため、この光景に慣れるのには時間がかかりそうだった。

――だけど、空と雲は下から見るのと同じように綺麗だ。

できるだけ離れたところから、青空に浮かんでいる雲を眺め、次に食料品の空箱らしきパックや空き缶を観察した亜鳥だったが、やはり一番興味を引かれたのは本棚の図鑑だった。

昨晩見たのと同じ鳥類図鑑を引っ張り出そうとしたところで、ふと違うものが目に入る。

それは本棚の下に転がっていた、ボールペンだった。

「あ。これは知ってる。使ってる人、見たことある」

カチリとペン先を出すと、亜鳥はいいことを思いついた。

「勉強しよう！　読むのは少しだけできるけど、書くのはほとんどしたことないし」

そこでダイニングテーブルの上に乗っていた様々なガラクタやゴミを手で払い落とし、本を開いてボールペンで本を見ながら、同じように書き写していく。

といっても手ごろな紙が見当たらないから、テーブルの白木の天板に直接書いた。

「オカメ、イン、コ。ヨ、ウ、ム……科？　漢字は難しいから、平仮名と、カタカナだけでいいよね」

文字を書くのに飽きると、鳥の絵を真似してがりがりと描く。

木に描いているせいかインクが出にくくなってきて、こっちのほうがいいかもしれないと、亜鳥は壁紙に聡一郎の似顔絵を描いた。

けれどボールペンの色は黒だけなので、一時間もするとやはり飽きてしまう。

「もっと色のついた絵が描ければいいのに」

つぶやいて今度は図鑑を床に置いて、昨晩のように眺め始める。

自分の名前に『鳥』が入っていることを知っているせいか、亜鳥は生き物の中で鳥類に一番興味を持っていた。

「もし鳥になれるとしたら、どれがいいかな。……やっぱりタカが一番かっこいいけど、聡一郎にとっておいてあげよう。残った中からだと、俺は……コンドルかな」

座ったり寝転がったりして存分に楽しんで、空腹を覚えると、コンビニの袋に手を伸ばした。

どれを食べてみても美味しく、亜鳥はぺったりと床に腰を下ろして、図鑑と窓からの景色、それに天井を見回して改めてかつての境遇との違いに呆然《ぼうぜん》とする。

――こんなに静かでやりたいことだけしていて、本当にいいのかなあ。……急にやっぱり間違いだったと言われて、罰を与えられたりするかもしれない。

考えるうちに不安になってきて、図鑑を本棚に戻して軽く柔軟体操を始める。

――結婚したからって、絶対にもう役目がなくなるとは限らないし。身体がなまって怪我をしたら、困る。

そう思って身体を動かす亜鳥だったが、目はどうしても図鑑のある本棚をちらちら見てしまい、なかなか集中できない。

それでも二時間ばかりを腹筋や腕立て伏せなどの軽い筋トレに費《つい》やして、亜鳥はバスルームへと向かった。

汗をかいたあとのシャワーは、以前の暮らしでもそうしていたから、きっと聡一郎も怒らないと思う。

けれどバスルームは前の住処《すみか》のものより広いし、シャンプーも石鹸もずっといい香りがした。

脱衣所にあったバスタオルはふかふかで、やはりここは王子とお姫様が暮らす宮殿みたいだ、と亜鳥は実感する。

ゆっくり身体を洗っても、早くしろと誰からも怒鳴られたりしない。

知りたくないことを頭に詰め込んだり、覚えたりもしなくていい。

なんて素晴らしい生活だろうと思いながら、亜鳥は聡一郎の出してくれた、新しいボクサーパンツに足を通した。

サイズが大きいので腿やお尻の辺りはゆるゆるだが、腰のところのゴムがぴったりした作りなので、ずり落ちることはない。

その上に、同じくサイズの合わないTシャツをかぶると亜鳥は上機嫌になり、スキップするような足取りでリビングへと向かう。

まだ濡れている足で、転がっている衣類や雑誌を踏みつけるが気にしない。

昼の日差しが注ぐ室内は暖かで、窓ガラスを通してかすかに聞こえてくる、車や鳥の声すらも今の亜鳥には楽しく思えた。

「そうだ。聡一郎は外に仕事に行ったんだから、俺は家でご飯を作らないと」

亜鳥の持っていた絵本の夫婦は、大抵そういうものだった。

そこで亜鳥はキッチンへ向かい、さてどうしようかとシンクを見回す。

亜鳥は料理の方法は、なにひとつとして知らない。一般的な知識のほとんどは、幼稚園で止まっている。

当時、おそらくテレビなどは観ていたはずなのだが、家事についての記憶はぼんやりしたものしかなかった。

それでも亜鳥は自分なりに頑張って、料理を作る。

やがて一仕事終えた満足感に浸《ひた》りながら、亜鳥は二人掛けのソファに積んである衣類を床に下ろし、そこに座った。

ソファは食事をしたテーブルからは少し離れたところにあって、大きなモニターの前に設置されている。

モニターはどうにかすればなにか映るのだろうが、操作がわからない。

それに前にいたところでは、役目を果たすための学習映像しか流れなかったので、観たいという気持ちにはならなかった。

亜鳥はソファの柔らかな座り心地に、うっとりとなる。

「お尻も背中もふんわりしていて、なんだか……小さい頃、誰かに抱っこされたときみたいだ。気持ちいい」

まるで子犬か子猫のように、仰向けになって手足を丸め、背中をすりすりして、亜鳥はソファの柔らかな感触を存分に味わう。

そして昨晩一睡もしていないことも手伝い、まだ湿っている頭ごと大きなバスタオルにくるまれるようにして、そのままぐっすり寝入ってしまったのだった。

薄く開いた瞳は暗がりの中、人影がこちらに向かってくるのを捉《とら》えた。

ひゅっ、と喉を鳴らして亜鳥は飛び起き、ソファの裏側へと回る。同時に、パッと部屋の明かりがついた。

「おい、なにをしている。忍者ごっこか」

「聡一郎……！」

うっかり眠ってしまうなど気が緩みすぎだと、内心自分を叱咤《しった》する亜鳥だったが、声は嬉しさを隠せない。

「帰ってきて、よかった。俺、ずっと待ってたんだ」

笑顔で駆け寄る亜鳥だったが、聡一郎は迷惑そうな顔をする。

「懐くな。まだお前のことを俺はなにも知らないんだ。お前だってそうだろうが」

えっ、と亜鳥は聡一郎に差し伸べた手を、だらりと下ろす。

「だ、だけど。結婚したんだし」

「朝も言っていたが、それはどういう意味だ。……本当に妙なやつだな」

えええ、と亜鳥はその場に立ち尽くしてしまった。

あんなに新しい生活が始まると喜んでいたのに、ぬか喜びだったのだろうか。

上着を脱ぎ、さっさと部屋着に着替えてからキッチンへ向かう聡一郎の後ろを、親に従う仔鴨《こがも》のように亜鳥はついていく。

「聡一郎は、俺が嫌いか？」

「いや別に、好きも嫌いも……」

言いかけて、うわ！　と聡一郎は大きな声を出し、亜鳥はびっくりして飛び上がりそうになってしまう。

「おい！　お前、なんだこれは！」

「えっ……え、あの」

聡一郎の声には怒りがあり、こちらを振り向いた顔はひどく怖い。

戦ったら自分は負けないと亜鳥は思うが、好意を感じた相手から向けられた敵意は、背筋が凍りそうなほどに恐ろしかった。

亜鳥の怯《おび》えに気が付いたのか、聡一郎はチッと舌打ちをしたものの、手は出してこない。けれど忌々《いまいま》しそうに亜鳥を眺め、棘《とげ》のある声で言う。

「なあ死神野郎。俺がなんで怒っているかわかるか。それとも、それすらわからねえアホなのか？」

「……わ……わか、る……」

本当はわからないが、嫌われたくない一心で、亜鳥は涙目で嘘をついた。

「じゃあ説明しろ！　なんだってミルクパンにパックのままのハムとコーヒー豆をぶち込んだんだ！　しかもなんだこの匂い、歯磨き粉か？　隠し味なのか、ああ？」

凄まれて、亜鳥は答えに窮《きゅう》してしまう。

「えっと……あの」

「乗っかってるワカメはトッピングか？　鍋の水吸って、実験失敗で爆発した博士の頭みたいになっちまってるじゃねえか！　そもそもお前、水に戻してから使うって誰かに教わったか？」

「お、教わって……ない」

「じゃあ俺が教える、今覚えろ！　いいか、二度と食い物で遊ぶな！」

遊んでない！　と亜鳥は思わず言い返した。

「違う。お、俺は、聡一郎のために、ご飯を作ろうと思って。だけど、なにもないから、そ、それで」

「飯だと？　正気で言っているのか、お前」

「聡一郎が仕事に行ったんだから、俺も仕事をしなきゃと思って」

悪気はまったくなかったのにひどく叱られて、亜鳥は悔しさと悲しさで唇を噛む。

「俺が山に芝刈りに行ってる間に、お前は川で洗濯したとでもいうつもりか。俺はお前に、おとなしくしていろと言ったはずだぞ」

「し、してた。大きな声は、出さなかった」

「屁理屈《へりくつ》ばかり言いやがって」

忌々し気に聡一郎は言い、ミルクパンをげんなりした顔で眺める。

「ほとんど食材を置いていなかったのも、コンロをお前が使えなかったのも、不幸中の幸いか。……いいか。絶対に俺がいないときに火は使うな。それと」

聡一郎はビシッと、テーブルの上を指さした。

「テーブルに落書きをするな！」

「あ。それは、俺、勉強して」

「なにか書きたいならノートをやる。だから絶対に家具には書くな」

はい、ごめんなさい、としおらしく謝ると、聡一郎は面倒臭そうに横を向いた。そのこめかみにビリッと青筋が走る。

「壁に絵を描くことも禁止だ！　なんだこの鬼は。魔除けのつもりか」

「お……鬼じゃない。……聡一郎の顔」

もじもじしながら言うと、聡一郎はぐっと言葉に詰まってから、複雑な顔でつぶやいた。

「俺はこんなに老けてねぇだろうが」

「！　じゃあ、もう一回描き直す！」

「ふざけんな、今度やったらお前の額に一生消えないペンでアホって書くぞ」

亜鳥はぶんぶんと首を横に振る。

「アホは嫌だ。コンドルがいい」

「なにがコンドルだ、サンダルって書いてやるから覚えとけ」

「……上手に描けたと、思ったんだけど」

亜鳥はしょんぼりと、足元に視線を落として釈明する。

「俺。ちょっとでも勉強して、もっと字とかも書けるようになりたかったんだ。なにもできないと、聡一郎と結婚できなくなるかもしれないし」

「だから、その結婚という思い込みはどこから来たんだ」

だって、と亜鳥は口ごもる。

「夕べ、キ、キスをしたから……」

「それは酔ってたからだと言っただろうが。……ちょっとそこの袋を取ってくれ。腹が減った」

「俺の料理は食べないの？」

袋に手を伸ばしながら尋ねると、聡一郎はうなずいた。

「食えるものならお前が食ってみろ。外で食ってくれれば済むものを、お前のために買ってきたんだぞ。感謝しろ」

どうやら聡一郎が夕飯を用意してくれるらしい。

自分の作った料理に決して自信があったわけではない亜鳥は、どうせなら美味しいものが食べたいと素直に思い、袋を渡す。

「わかった。聡一郎のを食べたい。……でも、そうやって美味しいご飯を作ってくれるのだって、結婚したからじゃないの？　俺にそんなに優しくしてくれる人、他には誰もいなかったよ」

「……ああもう、これ以上つまらんことを言うと食わせねえぞ。ほら、これをそっちに並べろ」

「つまらなくない。だって聡一郎がお嫁さんじゃないのに、こんなに優しくしてくれるのはおかしいじゃない」

「おかしいのはお前だ。……おいおいなんだ、あのベッドの周りの酒瓶は。好き勝手に散らかしやがって。明日までに片付けねぇと承知しないからな」

「……せ、せっかく綺麗な瓶だから、並べて飾ったほうが、立派に見えるから……」

よかれと思ってやったことをすべて否定され、亜鳥は悄然《しょうぜん》と肩を落とす。

聡一郎はお手上げという表情で、天井を仰いだ。

「死神というより、オツムが天使の疫病神だな。いいか、そもそも俺はお前の嫁になる気はない」

ええっ、と亜鳥は衝撃を受ける。

「じゃ、じゃあ、まさか俺がお嫁さんか？」

「なにがまさかなんだ、意味がわからねえよまったく」

聡一郎はぶつぶつ言いながら、平たい箱から袋を出して、どろっとした中身を深い皿に入れる。

つぎに四角い箱でチン、と音をさせて取り出すと、皿の中からは美味しそうな匂いが漂ってきた。

それから別の白いパックもチンと温めて、皿の中に適当に入れる。

「ボールに入れたから犬の餌みたいになっちまったが、味に変わりはないだろう。見た目は我慢しろ」

「うん。我慢する。だって聡一郎が、俺のために作ってくれたんだし、聡一郎が作ったものなら、俺はなんだって食べたい」

感情のままにしゃべる亜鳥に、黙って食えと聡一郎は言い、それぞれテーブルの席に着く。

ボールの中の茶色いご飯はまだ熱くて、はふはふと冷ましながら、亜鳥はそれをすくったスプーンをぱくりと口に入れた。

次の瞬間、ハッと聡一郎を見る。

「――――聡一郎、俺を殺すの？」

「……今度はなにを言い出すんだ」

じろりと向けられた鋭い目に、亜鳥は震えながら言う。

「だ、だって。口の中、ひりひりする。毒が入ってる！」

そう訴《うった》える亜鳥を、聡一郎はフンと鼻で笑った。

「そうか。じゃあもうすぐ死ぬかもな」

「ど、どうして俺を殺すの。聡一郎を描いた絵が老けてたから？」

ぐっ、と聡一郎は口に入れていた食材を吹き出しそうになったのを、懸命に堪《こら》えている。

「俺はそんなケツの穴の小さい男じゃない」

「えっ。小さいと駄目なの？　多分、俺のはそんなに大きくない……」

「カレー食ってるときに、そういう話はやめろ」

怖い顔をされたので亜鳥は黙ったが、毒入りは食べられないと困惑した顔で、じっとスプーンを見つめる。

「おい、いい加減にしてとっとと食え。俺だって同じもんを食ってるんだ。辛いってだけで、毒のわけないだろうが。疑うなら皿を取り換えてもいいぞ」

見かねたように、聡一郎が言う。

「……毒じゃないのか」

「どう見てもまだお前は死にそうに見えないが。身体に不調はあるか」

ううん、と亜鳥はお腹をさすり、次に手足の感覚を確かめて、異常がないことを確認した。

「平気。毒じゃなかった」

そりゃあよかった、と聡一郎もスプーンを口に運ぶ。

亜鳥も安心して、再び食べ始めた。

「慣れてくると、辛いけど、不味《まず》くない。いい匂い。鼻の頭に汗が出てきたけど。一緒に口に入れたご飯と噛むと、すごく美味しくなるんだね」

でも、と亜鳥は不思議に思って聞いてみる。

「なんで聡一郎は、こんなにぱぱっと魔法みたいに美味しいものが作れるのに、朝は食べないの？　それに、冷蔵庫には、ほとんどなにも入ってないし」

「……いちいち作るのも皿を洗うのも面倒だからだ。一食や二食抜いても死にやしねえしな。……いや」

死んでも別にいいしな、とボソッと聡一郎は小さな声で付け足した。

「そうなの？」

驚いて尋ねると、聞こえていたことに聡一郎のほうが驚いた顔をした。

「うるさい。もう黙って食え」

これ以上は怒られると判断して亜鳥は口をつぐみ、しばらくふたりは無言でもぐもぐと口を動かしていた。

ご飯は素晴らしく美味しくて、さすが聡一郎だと亜鳥は思う。

食べ終えて、片付いていないシンクにボールを重ねると、さて、と聡一郎は正面に座っている亜鳥を、鋭い眼で見据《みす》える。

「今夜の俺は素面《しらふ》だ。お前の出自と今後について、ゆっくり話そう。……これからお前にいくつか質問がある。正直に答えないなら追い出す」

答える、と亜鳥は素直にうなずいた。

「よし。じゃあひとつめの質問だ。お前、学校は行ってたのか？」

学校、と亜鳥は口の中でつぶやく。

「……知らない。多分、行ってないと思う」

これだよ、と顔をしかめて聡一郎は頭を抱えた。

「小学校もか？　やっぱりか、嫌な予感がしたんだ。まあ金を払って俺に預けるくらいだから、まともな社会生活ができねえんだろうって予感はしたが。まあいい、次の質問だ。瑞仙会にはいつからいた」

「……ここに来る前の家には、幼稚園の途中からいた。その前は、大勢の子供たちや、おねえさんたちといたけど」

「そんなガキの頃に施設から引き取られたのか。そのあとは誰と住んでた。事務所か、組長の家か」

「え？　ええと、俺はひとり。とても小さい家にいて、日によって交代で、いろんな人が食事を持ってきてくれたり、服を交換してくれたりした」

亜鳥がいたプレハブ小屋は、おそらくは組長宅の広い庭の敷地にあった。

連れてこられたばかりの頃は心細くて、特に雷の夜などはずっと泣いていたものだ。

けれどいつしか亜鳥は慣れ、その生活が当たり前のものとなっていた。

聡一郎は腑《ふ》に落ちないという顔をする。

「よくわからんな。別荘にでも囲われていたのか。……字の読み書きも教わらなかったのか？」

「あ。でも、か、簡単なのならわかる」

恥ずかしくなって、亜鳥はもじもじと答える。

「この勉強と称する落書きを見る限り、怪しいもんだな。買い物をしたり、交通機関の利用の仕方はわかるか」

言われるうちに、亜鳥は胸が苦しくなってくる。

これまであまり意識していなかった自分の無知が、ものすごくみっともないことだと思えてきたからだ。

「ご、ごめ……ごめんなさい……」

膝の上で握った両手に悄然と目を落とすと、聡一郎は無言で席を立った。

ああこれは本当に嫌われた、もう追い出されるかもしれないと亜鳥は覚悟したのだが。

ぽん、と目の前のテーブルに、薄桃色のカップを置いた聡一郎は、スプーンを突き出してくる。

「デザートを忘れてた。食え」

「え……？」

亜鳥は受け取ったスプーンを握り締め、透明な物体を凝視した。

「綺麗……！」

照明を反射してキラキラときらめくその中には、赤や黄色の内包物があり、まるでガラスの工芸品か宝石のようだ。

そっとスプーンの先でつつくとぷるぷると震えて、意外と柔らかいことにも衝撃を受ける。

目を見開き、上から横から観察している亜鳥に、聡一郎は難しい顔で言う。

「単なるフルーツゼリーなんだが、そんなことすら知らないようだな。……いったいどこまで劣悪な環境で育てられたんだ」

その言葉には、同情と憐憫《れんびん》の響きがあった。

しかし今の亜鳥は自分の過去よりも、目の前の不思議な物体に興味津々になっていた。

スプーンの先端ですくい上げたそれを注意深く口に含み、ゆっくり味わって飲み下す。

もちろん美味しかったがそれよりも、こんなに綺麗な物体が食べ物であるということのほうが、亜鳥にとっては驚きだった。

「……聡一郎！」

亜鳥はスプーンを置き、カップを手に取って、しげしげと改めてゼリーを眺めながら言う。

「俺は、こんなに綺麗なものがなにからできているのか、どうやって作るのかも知らない。……こんな俺を、聡一郎は嫌いになったか」

肯定される覚悟をして、亜鳥は唇を噛む。けれど聡一郎の答えは違った。

「ああ？　ゼリーごときで、好きも嫌いもあるか」

その言葉に一気に亜鳥の気持ちは明るくなったが、聡一郎の表情は曇ったままだ。

「最後の質問だ。……お前はこれからどうしたい？　ああ待て、結婚だの嫁だのの話は別としてだ」

「結婚とは別に、これから……？」

言われて亜鳥は、つやつやと光るゼリーに目を落としたまま、真剣に考える。

──俺が……聡一郎との結婚の他に、したいことは。美味しいものを食べて、綺麗なものをたくさん見て、図鑑だってもっといっぱい……文章の内容もわかるようになって、こんな綺麗な食べ物も作れるようになって、それで。

亜鳥は顔を上げ、聡一郎を見つめた。

「俺は……俺の知らないたくさんのことが知りたい。……見てみたい、やってみたい！」

なるほど、と聡一郎はうなずいて、腕組みをする。

「読み書きが不得手、義務教育も受けていないということは、バイトすら難しいな。多少なりとも俺が教えて、自立させるまで預かるとしたら、二百万じゃ割に合わねえが」

溜め息まじりに言って、皮肉そうに唇の端を吊り上げる。

「まあしかし、それでいつかお前が自立してガキでもこさえてくれたら……贖罪《しょくざい》の一環くらいにはなるかもしれんな」

「食材の一缶？」

難しい言葉で理解ができなかったが、聡一郎は自分なりに納得したらしかった。

「よし、まずは家事と社会常識を教えてやる。洗濯機と電子レンジくらいは使えるようになってもらう」

「それは、俺がここで暮らしていいっていうこと？　戻らなくていい？」

やった！　と亜鳥が喜ぶと、聡一郎はうるさそうに顔をしかめた。

「ゼリー、早く食っちまえ。皿洗いから教えてやる」

はい、と素直に返事をした亜鳥だったが、急いで食べてしまうのがもったいなくて、何度も聡一郎にせっつかれたのだった。

「……聡一郎。俺、人とくっついて眠ったりできない」

「ああ？　そんなことを言われても、ベッドも布団もひとつしかないんだから贅沢《ぜいたく》言うな。ダブルだしお前は小柄だし、充分に寝れるだろうが」

食事の片付けも入浴も終わり、洗濯機の使い方を教わったところで、今夜はもう寝ることになったのだが。

昨晩、落ち着かなくてまったく眠れなかった亜鳥は、ベッドに入ることを躊躇《ちゅうちょ》していた。

「そういえばお前、朝ベッドにはいなかったよな。まさか眠らなかったのか？」

うん、と亜鳥は聡一郎に貸してもらった大きなTシャツの裾《すそ》を引っ張りながらうなずいた。

「だって俺、前の家では誰とも仲良くしたり、楽しく話すのも駄目って言われてたんだ。みんな敵だから、安心して眠るのもいけないって言われていたし」

「なんだそれは。誰に言われてたんだ」

「みんな。誰でも。俺を交代で世話をする人たちが、そう言ってた」

そんな日々に、幼い頃は泣いてばかりいた記憶がある。だがいつしかそれが常態化して、麻痺《まひ》したようになにも感じなくなっていた。

——でも、そうか。聡一郎とは安心して眠っていいのかな。まだ、結婚してくれるかはわからないけど。キ……キスだって、もうしてるんだから。

昨晩のことを思い出し、急にドキドキしてきた亜鳥だったが、聡一郎は大きな欠伸《あくび》をしてベッドに入った。

「とにかく俺は寝るぞ。ソファで寝たいなら好きにすればいいが、風邪を引いても俺は知らねえ」

「お……俺もやっぱり、一緒に寝る」

顔が熱くなるのを感じながら、亜鳥は聡一郎の横に滑り込んだ。

「ああ。じゃあ、電気を消すぞ」

聡一郎が手元のスイッチを操作し、室内の明かりはロールカーテンの隙間から差し込む、淡い月の光だけになる。

かつての亜鳥の寝床はとても固かったので、ソファと同じく柔らかな感触は、うっとりするほどに心地よかった。

暗くなると一層、聡一郎の体温も体臭も強く感じられて、亜鳥の胸の鼓動はますます速くなっていく。

「……聡一郎」

もそもそとブランケットの中で、亜鳥は聡一郎のほうへと寄っていく。

「ああ？　なんだ、こっちへ寄るな狭苦しい」

「あの。俺。もう一回……キスしたい」

正直に言うと、亜鳥を押しのけようとしていた手が、ぴたりと止まった。

「……夕べは酔っていたとはいえ、手を出して悪かったと思ってたんだが。やっぱりお前は、そういう仕事をしていたのか？　言っておくが、俺は金を払う気はないぞ」

「俺も払わない。払わないとキスをしたら駄目なのか？」

「いや、そうじゃないが……」

違うんだ、と判断すると同時に、亜鳥は聡一郎の唇に唇を重ねていた。

なぜなのかはわからないが、したくてたまらなかったのだ。

聡一郎の身体にぎゅっと抱きついて、唇だけでなく頬や顎にも、何度も口を押しつける。

――聡一郎は、俺のだって決めたんだ。美味しいものを食べさせてくれて、綺麗なものをたくさん見せてくれた、特別な最初の人なんだから。

それになにより、初めてくちづけを交わした相手だ。

出会ってからのわずかな時間で、すでに聡一郎は亜鳥にとって特別な存在になっていた。

もし聡一郎が特別なのでなかったら、また前と同じように嫌な生活が始まるかもしれない。

そんなことは想像するだけでも辛くて、ことさら亜鳥は、聡一郎だけが救いのように感じられていた。

けれど聡一郎は、この展開にまだとまどっているらしい。

「おい。責任は持てないからな。そんなにやりたいなら据え膳は食うが、俺はお前が思っているような人間じゃない」

「えっ……で、でもそれは、俺が聡一郎をどう思ってるのか、わかるってこと？」

びっくりして亜鳥は言った。だとしたらそれは、やはり聡一郎が運命の結婚相手だからではないだろうか。

そう考えると、かっと身体が熱くなる。

「なんでもいい。聡一郎。俺……昨日のみたいな、気持ちがいいの、したい」

昨晩、聡一郎が触れてくれたところがむずむずとして、熱もそこから生まれてくる。

亜鳥がもどかしげに腰を押しつけると、聡一郎は小さく溜め息をついた。

「お前……無邪気なツラしてるくせに、誘うのが上手いな」

言われた意味はわからなかったが、上手いということは褒められたのだろう。

嬉しくなって、亜鳥はさらに下腹部を聡一郎にすり寄せる。

「ホント？　俺は上手？　……聡一郎も気持ちいいこと、したい？」

耳元に唇を寄せて囁《ささや》くと、聡一郎は無言で身体を起こした。

そして亜鳥の両肩がつかまれ、仰向けに押し倒される。

狼のような黒い眼が、しげしげと至近距離から亜鳥を見下ろした。

「こんなふうにその気にさせられたら、出すものを出さないと眠れなくなっちまうだろうが。

……お互いに」

なんのこと？　と言いかけた唇が、くちづけで塞《ふさ》がれた。

昨晩と同じように、するりと入ってきた舌を、亜鳥は素直に受け入れる。

「ん……ん、んぅ」

きつく吸われると、頭の奥がじんと痺《しび》れたみたいになってくる。

「んんっ、ん」

舌と舌が絡まり合い、唾液が混ざり、体温はぐんぐん上がっていく。

この行為がどうしてこんなに気持ちがよく、頭がのぼせたようになっていくのか、亜鳥にはわからない。

「そ、そう、いちろ」

唇から離れた聡一郎の舌が首筋を滑ると、ぞくぞくとした震えが背中を走った。

「っは、はあっ、あ」

濡れた舌先が動くたびに、ひくっ、と亜鳥の身体が跳ねる。

「……敏感で、可愛い身体だ」

熱い息と一緒に、聡一郎の低い声が耳から脳の奥深くに侵入してくるように亜鳥は感じた。

「っあ、っああ」

それだけでも震えてくるほどに亜鳥の身体は興奮しているのに、聡一郎の手がシャツの中に滑り込んでくる。

少しでも反応した部分の皮膚を、聡一郎は爪で円を描くようにして愛撫《あいぶ》した。

はあっ、はあっ、と亜鳥の呼吸は荒くなる。

下腹部から熱がせり上がってきて、どうにかなってしまいそうだ。

「あっ、駄目ぇ！」

きゅ、と乳首を指先でつままれて、亜鳥は甘い悲鳴を上げる。

聡一郎に触れられるとそれだけで、身体のどこもかしこも、火花が散るように感じてしまっていたのだ。

「あ……あ、あっ」

長いことなにも知らなかった身体は、貪欲なまでに愛撫に飢《う》え、聡一郎の動きひとつひとつに過敏に反応してしまう。

「すごいな、亜鳥。お前……なんて身体してるんだ」

感嘆するように言って、聡一郎は亜鳥の身体からシャツをはぎ取った。

「ひっ、やっ、あっ、ああ！」

胸の突起に唇が押しつけられ、硬くしこったそこを吸われる。

もう片方の突起も指で刺激され、痛みの混じった感覚がなんだかわからず、亜鳥は首を振って身もだえた。

「つう、んん」

小さな突起は熱と赤味を帯び、硬くしこる。

散々強く刺激したあとで、聡一郎はそこに舌先と指の腹で、そっと優しく触れてきた。

あん、と甘い吐息が鼻から抜ける。

「も、もう……聡一郎、俺」

じんじんと疼《うず》く部分に自ら手を伸ばした。

「ちょっと胸を弄《いじ》っただけで、もうそんなにしちまったのか」

からかうような声音に、亜鳥は動揺した。

「こ、こんなにしたら、おかしい？　駄目？」

興奮にわななく唇で尋ねると、ぐっと聡一郎の足が、亜鳥の熱を持った部分に押しつけられる。

「おかしくはないし、駄目でもない。楽しませてもらってるからな」

「あ……っ」

ずきんと甘い刺激と同時に、一気に亜鳥のものは硬度を持つ。

サイズの合っていない、与えられたばかりの新しい下着の中に、聡一郎の手が入ってきた。

「っあ！　んうっ」

直接触れられる感覚に、亜鳥の顎が上がった。

「あっという間にいっちまいそうだな。こんなに濡らして……」

「あっ、あっ、は……っ、あ」

わずかな指の動きにも、ひくんひくんと亜鳥の身体は跳ねる。

聡一郎の指は器用に蠢《うごめ》き、根本から先端へ向かって亜鳥のものを擦り上げ、ぬるついたものが溢れる窪《くぼ》みを、爪の先でそっとつつく。

「いっ、いい、気持ち……い」

亜鳥の頭はのぼせたように熱くなり、心臓は胸を突き破ってしまいそうに暴れて苦しい。

「も、もう……っ、あ……っ？」

達する、という寸前に、ふいに聡一郎は指の動きを止めた。

「イッてからだと、辛いだろう」

そう言って、亜鳥の下着を足から抜き取る。

言われていることの意味がよくわからず、もどかしさに亜鳥は半泣きになった。

「そ、聡一郎、早く、もっと」

腰を浮かせてねだると、亜鳥のものでぬるついた指先が、思いがけないところに触れてくる。

「っ！　なっ、なに」

亜鳥はビクッとして腰を引き、涙のにじんだ目を見開いた。

「や、やぁ……ひ、あぁっ」

亜鳥のものでぬるついた聡一郎の指が、逃げる動きを追うようにして、ぐうっと深く挿入されていく。

――な、なに、これ。苦しい。

体内に入ってくる異物の感触に、息が詰まる。わずかにだが痛みもあるし、辛かったのだが。

「っあ、ああっ！」

埋め込まれていく最中に、その刺激で亜鳥のものは弾けてしまっていた。

「う、うっ」

達した途端、きゅうっと無意識に聡一郎の指を締めつけて、その刺激に亜鳥は喘《あえ》ぐ。

「……おい。大丈夫なのか」

身体の反応が理解できず、混乱してしまっている亜鳥に、聡一郎は困惑したような声で言った。

「組長の愛人だったってのは嘘か？　敏感だしそそる身体だが、ここを使ったことがないんだろ？」

「し、知らな……んう……っ」

ゆっくりと指が引き抜かれ、亜鳥はぐったりとなってしまっていた。

聡一郎は溜め息をついて身体を起こし、ベッドから降りて行ってしまう。

「聡一郎……」

亜鳥は心細くなって名前を呼んだ。亜鳥がなにも知らないせいで、失敗してしまったと思ったのだ。

「そ、聡一郎。ごめんなさい。俺、ちゃんと覚えるから。なんでもするから」

だから嫌わないでくれと力の入らない上半身を起こすと、聡一郎は手にタオルを持って戻ってきた。

「わけのわからないことを言ってないで、じっとしていろ」

聡一郎は亜鳥の身体の汗や汚れを、濡れた温かいタオルで丁寧に拭ってくれる。

亜鳥はその手つきの優しさから、表面的には怖そうで口が悪くても、聡一郎の心根は親切でいい人なのだと感じた。

それが済むと、聡一郎は新しいTシャツを亜鳥の頭からかぶせ、自分もベッドに入ってブランケットをかける。

「いったい、なんなんだお前は。組長の愛人ってのが嘘か本当か、まずそこをはっきりさせろ」

不機嫌そうに言われて、亜鳥はしゅんとなってしまった。

「そ、そういうことにする、って赤尾さんは言ってた。そのほうが都合がいいから、お前はなにも話すなって」

「あの野郎……じゃあお前は、瑞仙会と関わりはないのか」

「え、えっと。なくはない」

どこまで話していいのだろう、と亜鳥は迷った。

以前の家での暮らしでは、亜鳥が好きにできることはとても限られていた。

言動にも行動にも決まりごと、約束事があり、少しでもはずれると罰則があった。

暴力を受けることもあったし、食事が抜かれることもある。ほんの幼い頃からだ。

逃げ出そうと思えば簡単にできそうだったが、実行はしなかった。

なぜなら外の社会のことがあまりになにもわからず、自分ひとりで寝床や食料を確保して生きていけないだろうと、亜鳥が感じていたからだ。

おとなしく周囲の大人に従ってさえいれば、暮らしに困ることはない。

だが従わなければ、ひどい目にあって死んでしまう。

それが五歳前後から、亜鳥に植えつけられた価値観だった。

今回、聡一郎の下に来るにあたり、以前の暮らしについては話すなと言い聞かされている。

亜鳥が口にするのをためらっていると、聡一郎は肘で頭を支え、こちらを覗き込むようにして言う。

「なあ。お前は俺と結婚するつもりなんだったよな？」

「えっ。う、うん」

「嘘をついたりするなら、そんなことは絶対に無理だ。俺は信用ならない相手とは、結婚どころか同居もしたくない」

えっ、と亜鳥は固まったが、言われてみればそれもそうだと納得できる。

話して大丈夫だろうかと心配だったが、結婚するためにと、おずおずと亜鳥は口を開いた。

「あの……お、俺のお母さんが。瑞仙会っていうところの、一番偉い人の、お嫁さん」

確かそうだったよなと、亜鳥は思い出しながら言う。

「ああ？　それはお前が組長の息子だってことじゃないのか？」

わからない、と亜鳥は首を振った。

「すごく小さい頃、お母さんとはよく会ってたけど、途中で庭の家に引っ越してからは会わなくなって、説明もしてもらえなかったから」

「庭の家……？」

「この前まで、俺がいたところ。すごく広い庭に、俺だけが住む家があった」

「そりゃ家ってより小屋じゃないか。そこに小さい頃からいたっていうのか？　ひとりきりで」

「うん。世話をしてくれる人たちが、交代で来たけど」

「学校にも行かせずに、隔離《かくり》して育てたってのか。どういうことだ」

なにも知らなさすぎて嫌われるのではないか、と不安そうにしている亜鳥の目を見ると、聡一郎はがりがりと頭をかいた。

「まあいい。お前を責めてもどうにもならないからな」

ごめんなさい、とつぶやくと、聡一郎はわさわさと頭を撫でてくれる。

「だがな、亜鳥。俺はこの先いつまでもは、お前と一緒にはいられねえぞ」

髪をすく指の感触が心地よくてうっとりしていた亜鳥だったが、その言葉に、ザッと冷水をかけられたように感じた。

「なっ、なんで。キスしたのに、どうして」

「いちいちキスがどうだのとうるせえ。ともかく、今後お前が一番やらなければならないことは、自立だ」

「じりつ……」

「そうだ。お前も言っただろ？　いろんなものを見たい、知りたいって」

「い、言った、けど。でも、俺。俺は、まだよく、わからなくて」

聡一郎に捨てられる、また居場所を失うという絶望感に愕然《がくぜん》としていると、見かねたように聡一郎は口調を柔らかくした。

「そんな、この世の終わりみたいな顔をするな。……じゃあこうしよう。お前がある程度、世の中ってものを知って、ひとりで生きていけるようになって、それでも俺と結婚したいと思うなら考えてやる」

「ひとりで……生きていく……」

そうだ、と聡一郎はうなずいた。

「そもそも結婚てのは、一人前になってからするもんだ。お前はまだなにも知らない」

聡一郎は、ふいに暗い眼つきになる。

「世の中も、俺のこともだ。知ってから考えろ。今のお前は、俺を選んだわけじゃない。外に出て最初に目の前にいたのが、たまたま俺だった、ってだけだ」

そこまで言うと聡一郎は言葉を切り、髪からも手を離して、亜鳥に背を向けてしまった。

「……聡一郎。俺が……もっといっぱいのものを見て、知って、それでも聡一郎と結婚したいと思ったらしてくれるってこと？」

「ああ。もう寝ろ」

億劫そうに言って、それきり聡一郎は黙ってしまった。

眠ったように見せかけているけれど起きていることは、亜鳥には伝わってくる体温や息遣いでわかる。

けれど話しかけたら怒られそうな気がしたので、仰向けになって天井を見つめながら、聡一郎に言われたことを一生懸命考えた。

――確かに……鳥だって赤や緑や、いろんな色と形の鳥がいるって知らなかったら、どの鳥が一番好きなのか決められない。そういうことなのかな？

だが亜鳥は、まったく他人と接触せずに育ったわけではない。『世話人』たちという存在もいたし、幼い頃は母親とも何度か会った。施設や幼稚園時代には、『お友達』だっていたのだ。

その中で、傍にいてドキドキしたのは聡一郎だけだから、やはり特別なのだと思う。

――絵本でも、結婚するまでには乗り越えなくちゃならない、壁があるものだったからな。俺が頑張ってたくさんのことを知ったら、きっと聡一郎は認めてくれる。

心の中で決意をした亜鳥だったが、翌日にはすでにくじけてしまいそうになっていた。

夢中で図鑑を眺め、性的な経験も含めて急激に知識を吸収した亜鳥は、知恵熱を出してしまったのだ。

「まいったたな。俺は看病でくっついているわけにいかねえぞ」

聡一郎は冷たい口調で言ったが、それでも急いで消化のいい食材と解熱剤を買ってきた上に、濡れタオルで額を冷やしてくれた。

火照った頬で、はふはふと息をしながら、亜鳥は大丈夫と、キリッとした顔を必死に作る。

「どこも、痛くないから。ぼうっとするけど、寝ていればいいだけ」

そうか、とうなずく聡一郎の目は心配そうで、それが亜鳥には少し嬉しい。

「医者に行ったほうがいいんだろうが、保険証もないときてるからな。様子を見て、ひどくなるようならもぐりの医者に診《み》てもらうって手もあるが」

前の家でも、もぐりの医者というフレーズは聞いたことがあった。

免許を持っていない医師のことらしいが、亜鳥にとっては馴染みのある存在だ。

「うん。わかった。様子を見る」

「どうしても具合が悪くなったら、あの電話でここに連絡しろ。電話の使い方はわかるな？」

聡一郎はメモ帳に自分の携帯電話の番号を書くと、ベッドに寝たままの亜鳥の手に握らせる。

「うん。あ……ありがとう。……俺はやっぱり、聡一郎と結婚したい。だって、すごく優しい」

はにかんで言うと、聡一郎は一瞬、うろたえたような表情になった。

それからなぜか慌てて顔を背け、玄関へと急ぐ。

「いいか、おとなしく寝ていろ。今日は契約だけだから、さほど遅くはならんが。お前がいるからといって、早く帰る義理は俺にはない」

うん、と力なくうなずくと、聡一郎は一瞬ためらったあと、外へと飛び出す。

ガシャン、とドアが閉まった音と一緒に、亜鳥は目を閉じた。

しかし、眠れない。コチコチと時計の音が響き、窓の外からは旅客機が飛んでいく音がする。

以前の固い寝床よりもずっと快適だし、なんの心配もなく、昼食も聡一郎は用意してくれていた。

安心して眠って、起きて、食べて、それからまた室内を探検すればいいという、素晴らしい生活であるはずなのに、亜鳥の心は塞いでいる。

――なんだろう。病気になったからなのかな。ここが、苦しい。

亜鳥は両手で、胸を押さえる。もぞもぞと寝返りをうち、目を閉じ続けていたが、やはり眠れない。

「……聡一郎」

呼んでみても、すでに外出しているのだから当然声は返ってこなかった。

亜鳥は熱で火照った顔のまま上体を起こし、ベッドの上にぼんやりと座る。

しばらくそうして室内を見るともなく見ていたが、聡一郎が脱いだ部屋着のシャツが、ソファに引っかかっているのが目に入った。

床に降りると、熱があるせいで、ひどく床が冷たく感じる。

亜鳥はよたよたと歩いていって、聡一郎のシャツを手に取り、再びベッドに戻ってきた。

――聡一郎の、匂いがする。

シャツに顔を埋めると、少しだけ胸苦しさが治まる。

亜鳥は甘えるべき年齢のときに、誰も傍にいてくれなかった。もちろん最初は辛かったのだが、いつしかそれが普通のことになり、なにも思わなくなっていたのだが。

聡一郎に気持ちを許した亜鳥は、ほんのわずかな期間で、『寂《さび》しい』という感情を思い出してしまっていた。

長いこと強制的に封じ込めていた喜怒哀楽が、抑えられなくなっている。

亜鳥は狂おしいまでに、愛情に飢えていた。

ようやく与えられた優しさとスキンシップは、孤独だった亜鳥にとって、砂漠に降った恵みの雨のようなものだったのだ。そうして人の情愛の心地よさを思い出してしまった分、体調を崩している心細さも手伝って、聡一郎がいないことが辛い。

仕事なのだ、すぐに帰ってくるのだと思ってみても不安でたまらず、亜鳥はシャツを胸に抱いて、苦しい時間を過ごしたのだった。


「そーいちろー……いないの？」

うつらうつらしては何度か目を覚まし、そのたびに亜鳥は名前を呼んだ。

窓の外を見て、明るいとまだまだ帰ってこないのだと憂鬱《ゆううつ》になり、日が暮れていると夜なのにまだ帰ってこないのかと気持ちが塞いだ。

一度、ひどく空腹を感じてテーブルにのっていた菓子パンを食べて水を飲んだが、それ以外はずっとベッドの中にいた。

いつもならば興味を引くはずの図鑑も、その他の様々な道具も、今はなんだか色あせて見える。

――もし聡一郎が帰ってこなかったら、どうしよう。早く会いたい。頭を撫でてもらいたい。

寂しさと不安に苛《さいな》まれながら、亜鳥は再びうとうとしていた。

と、額に温かなものを感じて目を開く。

「熱は下がったようだな」

「聡一郎……！」

自分の顔を覗き込んでいる待ち人に、亜鳥は目を見開いた。

「飯は食ったか？　パンがあっただろう。冷蔵庫にもすぐ食えるものを入れておいたんだが」

聡一郎は特になんの感慨《かんがい》もないようで、くるりと背を向けてキッチンへと向かう。

だが亜鳥としては、聡一郎の帰宅が嬉しいだけでなく、自分自身に驚いていた。

――どうしたんだろう、俺。他人に触られるまで目が覚めないなんて……。それだけ、聡一郎は特別っていうことなのかな。

上体を起こしてベッドに座り、ぼんやりとしていると、明るい蛍光灯の下で聡一郎がこちらを見ている。

「どうだ具合は。昼はあまり食っていないようだな。今は食えそうか？」

「……食える！」

亜鳥は言って、ベッドを降りた。

この部屋に聡一郎がいるというだけで、太陽が輝いているように明るく感じられる。

聡一郎は、自分用には洋食弁当を、亜鳥には白くて柔らかい食事を用意してくれていた。

「なにか喉を通りやすいもんがいいかとグラタンにした。食え」

レンジで温められてほかほかしているそれは、ミルクとバターの混ざった、亜鳥の全身に染みていくようないい匂いがした。

「うん。食う。美味しそう」

「……出来合いやレトルトばかりで悪いが、料理は何年もやっていないからな。作るなら調味料から揃えなきゃならねぇ」

「そうなの？　俺が作ろうか？」

「絶、対、に、駄目だ」

まったく、と聡一郎は嫌な顔をしたが、ぱくぱくと勢いよく亜鳥が食べ始めると、鋭い目つきが柔らかくなった。

病気をして面倒をかけてしまったが、嫌われてはいなそうだと、亜鳥はホッとする。

それに食事を終えると、嬉しいことが待っていた。聡一郎が、デザートを出してくれたのだ。

「ゼリーだ！　聡一郎、また俺のために買ってくれたの？　俺が好きだから？」

尋ねると、なぜか聡一郎は目の下を少し赤くして、怖い顔つきになる。

「ああ？　誰が死神なんか好きになるか」

「え？　えっと、違う、俺が『ゼリーを』好きだから買ってきてくれたのかな、って」

言い直すと、ますます聡一郎は険しい顔になった。

「紛《まぎ》らわしいことを言うんじゃねえ。単に、安売りをしていたから買ったまでだ」

「そうか。安売りすると買うんだ」

買い物をした記憶のない亜鳥は、よくわからないまま曖昧にうなずいた。理由はよくわからないが、あまりしつこく追及すると、聡一郎に怒られる気がしたからだ。

この前は薄桃色だったが、今日のゼリーは夕日のようなオレンジ色だ。

やっぱり宝石みたいに綺麗だと思いながら、亜鳥は大事に食べる。

この夜、一緒にベッドに入った亜鳥は、隣にいる聡一郎に身体ごと顔を向けた。

「……あのね、聡一郎。俺……聡一郎のとこに来れて、本当によかったって思ってる」

「ああ？　まあどうやらお前の話から察するに、ヤクザ一家の中でも厄介者扱《あつか》いされて隔離されていたみたいだからな。確かに、それよりはましだろう」

「うん。でも、それだけじゃなくて、聡一郎といると安心するんだ」

亜鳥は甘えすぎて怒られないよう、少しだけ聡一郎のほうに身体を寄せる。

「なんでだ？　言っておくが俺は、金を貰ったからお前を住まわせてやっているだけだぞ。勘違いするなよ」

でも、と亜鳥は頰を膨らませる。

「俺が将来、一人前になったら、結婚してくれるって言った」

「ああ、言った言った。将来、もしもの話だろうが。俺がくたばるまでに、そんな日が来たらな」

「聡一郎、くたばるの？」

びっくりして言うと、聡一郎は苦笑した。

「そりゃ人間だからいつかはな。それに俺の仕事は、明日くたばってもおかしくない」

「駄目だ、聡一郎。そんなことを言われたら、俺はもう、留守番ができなくなる」

ああ？　と不思議そうな聡一郎に、亜鳥は今日一日、どんな思いでいたのかを説明した。

「聡一郎がいなくなったら。どうしていいのかわからない。だって俺にとって聡一郎は、もう特別なんだ。他の誰とも違う」

「あのな、亜鳥」

聡一郎は、困惑したような声で言う。

「まいったな。卵からかえって初めて親を見た雛鳥《ひなどり》みたいに錯覚しているんだ、お前は。無防備に俺を信用するんじゃやねえ」

えっ、とますます亜鳥は驚く。

「駄目なのか？」

聡一郎がどんなつもりで言っているのかわからないが、亜鳥にとっては死活問題に等しかった。

「……聡一郎。本当に駄目なのか」

必死な面持ちで繰り返す亜鳥に心が動いたのか、そんな顔をするな、と聡一郎は低くつぶやく。

そうして、ぐいと身体が抱き寄せられた。

――よかった。嫌われてない。

甘えても大丈夫そうだと判断した亜鳥は、聡一郎の背に手を回す。

聡一郎は抱き締め返してはくれなかったが、怒ったりもしなかった。

聡一郎の体温と体臭に、少しだけ亜鳥のものは反応しかける。

けれど聡一郎はなにもしてこず、この日はただお互いのぬくもりを感じながら、しっかりと密着して眠ったのだった。

◇◇◇

可哀想な生い立ちの、見た目の可愛らしい生き物が全力で懐いてきて、好きだ好きだとまとわりついてきたら、それを完全に拒絶できる人間は少ないのではないか、と聡一郎は思う。おそらく今、自分が亜鳥に抱いている気持ちも、そうしたものに違いなかった。

——犬や猫と似たようなものだ。……まあ、犬猫に性欲は湧かねえが。

腕の中の亜鳥の髪を撫でてやりながら、聡一郎は自嘲《じちょう》する。

——これだけ慕《した》われたら、可愛いとは思う。だが俺はガキを育てるつもりはないし、そんな資格もない。早いとこ厄介払いをしないとな。これ以上、情が移ると面倒だ。

聡一郎にとって仕事以外の他人との繋がりは、面倒臭いの一言で片付けられる。

重たい、深い、濃い関わりは、相手が誰であろうと拒んで生きてきた。

性的な欲求を感じれば寝ることはしたが、その場限りの付き合いか、金で割り切れる相手とだけだ。

昔からそうだったわけではないが、少なくともここ数年は、ずっとそうした関係しか築いたことはない。

――こいつが落ち着いたら、松波《まつなみ》か誰か……信用のおける昔馴染みに事情を話して、預かってくれるところを見つけるか。一応、金は貰っているからな。それくらいはしてやってもいい。

だがそれまでだ。と聡一郎は自分に言い聞かせる。

――うっかり手元に置きたくなっちまったら、なによりこいつのためにならない。俺には将来なんて言葉は、迷惑で鬱陶しいだけだ。それに……いくらガキみたいでも、こいつはあと数年で二十歳になる。いろんなものを見聞きすれば、自然と気持ちも離れるはずだ。

それまでの短い間、せいぜい美味いものでも食わせてやろう、と聡一郎は目を閉じた。

そうして翌日、久しぶりに聡一郎はフライパンを引っ張り出したのだった。

「うっ……うまぁ……」

朝食のテーブルで、亜鳥は聡一郎が思っていた以上の反応を見せていた。

「そうか、そりゃよかった」

「噛むと、さくっとする！　でも口の中でふわっとして、あとね、この上にのってる黄色いのから、とろって出てきたのがすごく美味しいよ」

「そりゃよかった。トーストに目玉焼きをのっけただけだがな」

うん、と亜鳥は口の周りをバターでてかてかにして笑う。

美味しいねぇ、美味しいねぇ、と聡一郎に同意を求めながら少し焦《こ》げたパンにかぶりつく亜鳥は、やはり恋愛対象というより世話の焼ける愛玩《あいがん》動物に見えた。

聡一郎はテーブルに肘をついてその様子を眺め、いつものように珈琲だけを口にしていた。

「食い終わったら出かけるぞ。今後、飯の調達くらいは自分でやってもらわねえとな」

「えっ。外に行くの？　聡一郎と一緒？」

「ああ。今日は仕事が休みだ」

やった、と亜鳥は満面に笑みを浮かべる。

「休みか。じゃあずっと、一日中聡一郎は俺といるんだ」

嬉しそうに言う亜鳥から、聡一郎は目をそらした。

澄んだ瞳で見つめられて、自分がひどく汚い存在に感じられたのだ。

暴力団組長の、訳アリの子供として隔離されて育てられたのなら、もう少し擦れていてもいいと思うのだが、亜鳥には世を拗《す》ねたところがまったくなかった。

いったいどんな事情で、誰にどんな育てられ方をしたのか見当がつかない。

「お前はやたらと嬉しそうだが、せっかくの休みを死神のガキと過ごすってのは、俺にとっては不本意だと覚えておけよ。しかし……お前を世話していた連中ってのは、優しくしてくれなかったのか？」

うん？　と亜鳥は、バターのついた指先をなめながら首を傾げる。

「ええと、優しくなかったよ。みんな、誰も、俺とは話したがらなかった。笑うこともなかった」

妙な連中だ、と聡一郎は眉を寄せる。

「ひとりじゃなく、複数でお前の世話をしていたんだよな？　今はともかく、ガキの頃ですらろくに話もしなかったのか」

「続けてずっと、同じ人が世話してくれたんじゃなかったから。順番に、違う人が来てた。最初の頃は、どうしてなのかいろいろ聞いたんだけど、そうすると怒られるから」

話すうちに、だんだんと亜鳥の表情が曇っていく。

「怒られるのは……悲しくて嫌だから。聞かなくなった」

おそらくその、怒られるというのは、暴力に直結していたのだろう。

相当に異様な育てられ方をしたらしく、すぐには世間に適応できそうもないが、それが当人の責任とは思えなかった。

――どうやら、急ぐべきじゃないな。ゆっくり時間をかけて事情を聞いて……誰かに任せるにしてもそれからだ。

詰問《きつもん》して追いつめるのはまずいと判断して、聡一郎は話を変える。

「ところで亜鳥。お前、商店街は知っているか」

「しょーてん、がい？　……き、聞いたことはあると思う」

「そうか。今日はこれから、そこに行くぞ。まずは、お前が食いたいものを自分で買うってことを覚えてもらう」

「知ってる。お金を払うんだよね」

亜鳥はそう言うが先日聞いた話だと、おままごとかお店屋さんごっこくらいの知識しかなさそうだと、聡一郎は推測していた。

「そうだが外に行く前に、ここで金の種類と数を覚えろ。なにがいくらくらいなのかって相場もだ」

わかった、と亜鳥は表情に明るさを取り戻してうなずいた。

そして食後、テーブルに並べた紙幣と小銭をわずか数分で理解し記憶した亜鳥に、聡一郎は舌を巻いたのだった。

――こいつ、頭は悪くねぇ。いやむしろ、すごくいいんじゃないのか。

平日の正午を迎える商店街。

弾む足取りで、周囲をきょろきょろ見回している亜鳥と連れだって歩きながら、聡一郎はそんなことを考えていた。

「亜鳥。百六十円のゼリーを五つ買って、五百円玉のおつりが貰いたいとき、どうすればいい？」

「千円札が一枚と、俺の一番好きな桜の花の描いてある、百円玉を三つ払う」

左右に並ぶ店の店頭に並べられた、様々な商品に気を取られつつも、亜鳥はすらすら答える。

「正解。じゃあ、税抜き三百円のパンを三つ買ったら、税込みでいくらだ？」

「九百七十二円」

「お前、本当に数字には強いな」

本気で感心して聡一郎は言う。

「数字のドリルは小さい頃からやらされてた。距離とか速度を考えるのに、いろいろ必要なんだって」

速度？　と聞きとがめた聡一郎だったが、亜鳥はそれどころではないようで、周囲に溢れ返る情報に夢中になっていた。

「ねえこれ、綺麗な箱がそこに置いてあった！　なにが入ってるのか、開けてみるね」

通りがかったドラッグストアの店先から、化粧用コットンの箱を持ってきて差し出す亜鳥に、聡一郎は慌てる。

「おい、返してこい！　店の前に置いてあるものは商品だ。金を払わないと自分のものにはできない。覚えておけよ、勝手に持ってきたら窃盗罪《せっとうざい》で、警察に逮捕される」

「えー。だって、店の外にあったのに」

頬を膨らませつつ、亜鳥は箱を元の位置に戻してくる。

「じゃあ、そこにあるのも商品？」

「いや、それは看板だ」

「持って帰っていいの？」

「こんなもんを持って帰ってどうする。それにこれは店のものだ。売ってもいない」

「そうなんだ……わかった、でもこっちは商品でしょ？」

「違う。買い物中に客が停めてる自転車だ」

見分けがつかない、と亜鳥は不貞腐《ふてくさ》れた声を出す。だが、瞳は好奇心に輝いたままだった。

「でも俺、わかってきたよ、聡一郎。あっちのお店はお菓子の絵があるから、お菓子を売るんでしょ？　だから綺麗な女の人の写真が多いこっちのお店は、女の人を売ってるんだよね」

大きな声に、聡一郎は咄嗟《とっさ》に亜鳥の口を押さえた。

「人聞きの悪いことを言うんじゃねえ！　そんなわけあるか。ここは化粧品を売る店だ」

「けしょーひんてなに」

「女がいろいろ顔に塗るもののことだ。唇を赤くしたり、顔を白くしたり」

「顔に絵を描くの？　なんで？」

「そのままの顔より、もっと綺麗になりたいと思うのが女心ってもんなんだろ」

「でも、顔をよく洗ったら、元に戻るんじゃないのかなあ」

「そうだな。なんでそんな無駄なことをするのか、俺にもよくわからねえよ」

見るもの聞くもの、ひとつひとつになんで、どうしてと亜鳥は質問を連発してくる。

面倒だったがこれも二百万円のうちだと思い、聡一郎は辛抱強く付き合った。

あれが見たい、これはなんだと聡一郎の腕を引っ張って店頭に連れていき、亜鳥は目に焼きつけるように観察している。

また知恵熱を出して倒れるのではないかと思うくらい、亜鳥は興奮してしまっていた。

まるで巨大なスポンジが水を吸収するように、貪欲に知識を欲しがっている。

少し落ち着かせたほうがいいと一計を案じた聡一郎は、昔ながらの古びた喫茶店へ入ることにした。

混んでにぎやかなファストフードではなく、薄暗く昭和の香りがする店内のほうが、今の亜鳥にはいいだろうと判断したのだ。

けれどその程度のことで亜鳥の知識欲の暴走は、収まりそうにもなかった。

「このかかっている音楽はなに？　すごく綺麗。ずっと聴いていたい」

「さあ、知らねえな。俺はクラシックは詳しくない」

「そんなの変だよ、知ってるじゃない。くらしっくなんでしょ？」

「そうだが、クラシックのなんの曲なのか知らないってことだ」

「でも、くらしっくだってことは、知ってるんでしょ？」

「そんなことは詳しくなくてもわかる」

「俺も詳しくないけど、わからなかったよ。この曲は、お金を払わないで聴けるの？」

「……今こうして聴いているのは無料だが、好きなときに聴きたいなら金がかかる。演奏を生で聴くならもっと金がかかる」

「同じ曲でも？　やっぱり買い物って難しいんだね。……でも俺、さっきのお皿を洗うボトルのことは、もう覚えたよ。ウルトラマリーンウォッシュ、税込み二百十六円。でも新製品のウルトラマリーンウォッシュスーパーは、お買い得のお試し価格！　本日限りの激安特価、二本セットで税込み三百二十四円」

「宣伝のポップまで覚えなくていいって言っただろうが。……すみません、ブレンドひとつと……お前はどうする。ミルクでいいか」

一応聞く形をとってオーダーしたが、メニューをよく理解していない亜鳥に選択権はない。ウエイターが去っていくと、亜鳥は再び珍しそうに店内を見回した。

今の亜鳥にとっては、なにもかも観察と好奇心の対象になっているらしい。

「何度か、外に出たことはあるけど。世話人たちが一緒で、自由に見て回れなかったんだ。目的地まではほとんど、なにか食べるときも俺は車の中だったし。……ほら見て、人がすごいね。物もだけど人がたくさんいて、面白くてくらくらしそう」

亜鳥は言いながら、通りに面した窓に目を向ける。

ずっと興奮気味に話し続けていたが、外を親子連れが通りかかったとき、ぴたりと亜鳥は口を閉じた。

そうしてじっと、姿が見えなくなるまで親子の姿を目で追い続ける。

「なあ、亜鳥。俺はお前にとっての、親になる気はねえからな。そこだけは覚えておけよ」

幼い頃に母親と引き離されていたらしいが、だからといって自分を親代わりと認識されてはたまらない。

突き放した聡一郎を、亜鳥は傷ついた様子もなく窓の外に目を向けたまま言う。

「知ってるよ。だって俺は、聡一郎と結婚するつもりでいるし。親とは結婚、できないんでしょ」

ああなるほど、と聡一郎は肩をすくめながら、亜鳥が目で追っている親子をちらりと見た。

「お前、母親はいるんだよな。ガキの頃は一緒に暮らしてたんだろ？」

「うん多分、ものすごく小さい頃はそうだったのかな。でも……今は平気だけど、小さい頃は一緒に暮らせないのが嫌で泣いたりして、泣くと怒られるから、思い出さないようにして、そうしたら本当にどんどん忘れていっちゃって……ちょっとのことしか、覚えてないんだ」

亜鳥の大きな目は、親子連れが視界から消えても、まだその先を追うように窓の外を見つめている。

「柔らかくて白い手だったなとか。いい匂いがしたことくらい」

哀《あわ》れだと思う反面、ここで同情して中途半端に優しくするほうが残酷なのではないか、と聡一郎は思う。

亜鳥が自立するまで責任を持って面倒を見るなどということが、自分にできるとは思えない。

容姿は好みだし、なにをするかわからないという危うさはあっても、無邪気で素直で性格も可愛い。

だからといってその場限りの恋でもするかのように、無責任に自分が保護者になるとは言えなかった。

「聡一郎。ぼんやりしてどうしたの。疲れた？」

「いや。お前こそ疲れたんじゃないのか。少しセーブしないと、また熱を出すぞ。外に出る機会はこれからもあるから、今日は買い物ができるようになることだけを目標にしろ」

わかった、と亜鳥はうなずいて、運ばれてきたホットミルクを美味しそうに飲む。

そうして店を出る頃には、だいぶ亜鳥の興奮は静まっていた。だが、最大の目的である食材の買い出しのためにスーパーマーケットへ入ると、新たな問題に突き当たってしまった。


「お前の食に関する知識のなさは、ちょっと異常だよな……」

食料品売り場を歩きながら、聡一郎は呆《あき》れ果てていた。

なにしろ亜鳥は食材だけでなく、調味料のことすらよくわかっていない。

漠然《ばくぜん》と野菜や果物の形状は理解しているようだが、栄養バランス以前に料理そのものに対して無知だった。

「だって、俺が食べていたのはほとんどずっと同じものだけだったし、味がいいとか悪いなんて言ったら怒られたから。お腹が空かなければ、それでよかった」

「一本だのなんだの言ってたよな。機能性食品のバーみたいなもんか。だとすると錠剤だのドリンクだのも、ビタミン類か……」

「たまに、深いお皿にご飯となにかいろいろ混ぜたのも食べてたよ。でも、どれがなんていうものなのかは、誰も教えてくれなかった」

おそらくは味も食感も度外視で、残飯や栄養補助食品だけ与えられて育ったのかもしれない。

――いや、瑞仙会にとっちゃ育てたって気もねえんだろう。生かしてやっていたという感じか？　しかし仮にも組長の子供を、なんだってそこまで冷遇してたんだ。

考えるほど胸糞《むなくそ》が悪くなる、と聡一郎は無意識に険しい顔になっていたが、亜鳥はご機嫌な様子でカートを押していた。

そして店の奥の鮮魚売り場を通りかかると、それまでとは段違いに大きな興味を示した。

「わあ。死体がいっぱいだね！」

近くにいた主婦の耳に入ったらしく、びっくりした顔がこちらへ向けられる。

しっ、と慌てて聡一郎は、亜鳥の口の前に指を立てた。

「確かに死んだ魚だが、おかしな言い方をするんじゃねえ。不味そうに見えるだろうが」

「これ、美味しそうなの？　死体なのに」

言いながら亜鳥は、ビニール越しにそっと魚に触れてみる。

「生き物って死んですぐは柔らかいけど、少しすると死後硬直でかちかちになるんだよね。そこからもっと時間が経って、また柔らかくなってる。結構前に死んだんだね」

「いいか、魚も肉も確かに死体だが、食材にそういう言い方はしないんだ」

「そうなんだ。じゃあここに人間が並んでたら、やっぱり美味しそうなのかな」

言われて聡一郎の脳裏には、パック詰めされた人の手足や内臓が浮かんでしまい、急いで打ち消す。

「えげつないことを想像させるんじゃねえよ。死んだ人間は焼いて灰にして埋葬《まいそう》するんだ」

「そうなの？　人間は捨てちゃうの、もったいなくない？」

言いながら亜鳥は、ビニールに包まれた魚の目をじっと見つめる。

「痛くなかったんだといいなあ。俺だったらきっと、上手に殺せる」

「……釣りが趣味で捌《さば》くのも得意なんですよ、ってんなら歓迎するけどな。お前の物言いは不気味なんだよ」

「ものいい？　違う言い方をすると、同じものなのに、なにか変わるの？」

聡一郎の言葉を亜鳥は理解できないらしく、不思議そうな顔をしている。

これ以上この場にいるとなにを言い出すかわからないぞと、聡一郎は急ぎ足でその場を離れることにした。

――この調子だと精肉売り場を見て、もっと危ないことを言いそうだな。まあ間違っちゃいないがなんなんだろうな、こいつの異様な感覚は。

そこで聡一郎は、亜鳥を菓子コーナーで待たせて、購入予定の肉類は自分だけで急いで調達してくる。

そうして必要なものをすべて籠《かご》に入れると、あえて亜鳥だけでレジに向かわせた。

――冗談じゃなく、本当に初めてのお使いを見守ることになるとはな。商売柄、訳アリの連中は大勢見てきたが、ここまで重症なのは滅多《めった》にいねえ。

無事に清算を終えると、得意そうな顔で亜鳥は待っていた聡一郎に向かってカートを押してくる。

「俺、ちゃんとお金を払えたよ。お釣りも貰った。この紙に、買ったものと金額が、全部書いてあるって」

「ああ、レシートな。捨てていいぞ」

「えっ。せっかくくれたのに、捨てたくない。とっておいてもいい？」

好きにしろと聡一郎が言うと、亜鳥は大切そうに、レシートをポケットにしまう。

その様子に苦笑した聡一郎だったが、ふと違和感に眉を顰めた。

――なんだ？

ハッとして周囲を見回すと、店の外で一瞬、人影がすっと物陰に隠れるような動きをした。

――視線……。誰かに見られている。いつからだ。……この前護衛したやつの関係だと厄介だな。

前回聡一郎が請け負った仕事は、丘野組《おかのぐみ》という暴力団の会長を敵対する組からの襲撃に備え、護衛するというものだった。

会長自身は老齢ということもあり、威厳のある肝の据わった男だったが、血気盛んな幹部たちを束ねる求心力は低下していたらしく、抗争を止める術がないと嘆いていた。

その際、護衛対象である会長を襲ってきた相手を、聡一郎は撃退している。

襲ってきた者たちは、おそらく丘野組に敵対する裏稼業の連中だったから、聡一郎が恨みを買っていてもおかしくなかった。

ひとりのときならまだしも、亜鳥を連れている今では、上手く逃げ切れる確証が持てない。

――これだけ人の多い場所でやらかすってことはねえだろうが……商店街を抜けて、住宅街に入ったところで仕掛けてくるつもりだろうな。どうする。慣れた道ならまだしも、こいつにとっては初めての外出だ。亜鳥だけ先に帰すのは、別のリスクがある。

亜鳥は自分がやりたいと聡一郎には触れさせず、購入したものを袋に詰め込むのに夢中になっていた。

聡一郎は、自分の危険を察知する能力に自信はあったが、錯覚という可能性がなくはない。

いずれにしろこのままここにいるわけにもいかず、袋詰めを終えると、店を出ることにした。

「聡一郎、そこのお店から、ものすごくいい匂いがするよ。なんだろう、こんな匂い、初めて嗅いだかも」

亜鳥は相変わらずそれぞれの店に興味を示し、お茶屋から漂《ただ》よう香りにうっとりとして、うさぎのように鼻をひくつかせている。

「お茶の葉っぱだ。飲んだことあるだろ」

「葉っぱを飲むの？　木の枝から？」

「いや、茶葉ってのは、摘《つ》んで蒸して干すんだ」

「干した葉っぱを飲むの？　喉がザラザラしそう」

うう、と苦しそうに亜鳥は喉を押さえ、そうじゃないと聡一郎は説明しようとしたのだが。

――やっぱり、錯覚じゃない。見られている。

街のどこかから強い視線を感じ、さらに気を引き締める。

――商店街の中では、襲ってこないだろう。しかしどうする。こいつをどこかの店で待たせておいて、裏道で一気にカタをつけるか。

「おい亜鳥。緑のお茶、飲んでみたいか」

「え……でも、喉がもさもさしない？」

「するかどうか、試してみろ」

聡一郎は言って、店の中へと入っていく。

「すみません、このティーバッグ入りのをください。それとこいつに、ちょっと試飲をさせてやってもらえますか」

「はいはい、どれがいいかしら」

カウンターにいた中年女性の店員に告げると、愛想のいい返事が返ってくる。

「今試飲できるのは、このお抹茶入りのと、玉露《ぎょくろ》の粉入りの二種類なんだけど」

「じゃあ両方、お願いします。……亜鳥。俺が戻るまでここにいろ。で、美味いと思ったらそれを買え」

店の隅にある椅子に座らせて財布を渡すと、亜鳥は怪訝《けげん》そうな顔をする。

「戻るって、聡一郎はどこに行くの？」

「いいから待っていろ。店の中にいづらくなったら外にいろ。とにかくこの店の近くから動くなよ」

聡一郎はそう指示して、急ぎ足で店から離れた。少し先の脇道に入り、裏通りに入ると、一気に人は少なくなる。

背後に殺気を感じたのは、その直後だった。

「――っ！」

「野郎！」

間一髪《かんいっぱつ》で躱《かわ》した聡一郎の脇を、ナイフを持った金髪の男の腕がすり抜ける。

「くっ！」

その腕をつかんでねじり上げたところで、別の方向から殺気が飛んでくる。

――ひとりじゃねぇのか！

腕をつかんだまま蹴りを放つと、別の男が地面に転がった。

――三人!?

さらに再び背後から襲い来る気配を感じ、聡一郎は金髪の男の腕を突き放して間に合わないかと感じつつ、振り向きざま身構えたのだが。

「うぐっ!」

今まさに聡一郎にハンマーで殴りかかろうとしていた男が、聡一郎がなにもしていないのにどさりと崩れ落ちた。

と、疑問を感じるより早く、いきなりドンと突き飛ばされる。

――なんだ!?

よろけつつ倒れまいとする聡一郎の視界の端に、先ほど腕を放した金髪の男に飛びかかる、黒い影がよぎった。

次の瞬間、金髪の男の喉元に吸い込まれる小さな拳《こぶし》が見え、途端にくたくたと男は膝を折る。

「な……お前……」

「聡一郎、大丈夫?」

そこに立っていたのは、いつものように無邪気な顔に汗ひとつかいていない、亜鳥だった。

なんと言っていいかわからずに呆気《あっけ》にとられていると、亜鳥は地面で気絶している男たち

と、聡一郎の蹴りを鳩尾《みぞおち》に受けてのたうっている男に、澄んだ明るい目を向けて言う。

「この人たち、聡一郎を傷つけようとしたんだよね？　……すぐやっつけちゃうから、待ってて」

まるで害虫でも駆除するようななんでもない物言いに、聡一郎の背にゾッと悪寒が走る。

「ま……待て。駄目だ、亜鳥！」

思わずそう叫んだのは一瞬にして、亜鳥が本気だと悟ったからだ。

亜鳥の顔には怒りも敵意も浮かんでおらず、その様子は一見、穏やかと言ってもいいほどだ。

けれど静かではあるが、男たちの誰にもひけをとらないほどの、凄まじい殺意が華奢《きゃしゃ》な体躯《たいく》から溢れているのを聡一郎は感じていた。

――もし俺が止めなかったら。こいつは本気でやる。

「もうなにもしなくていい！　こっちに来い」

「なんで。俺、上手にできるよ。この人たち、急所を全然守れてないから簡単」

「いいから、来い。……亜鳥！　俺の言うことが聞けねえのか！」

厳しい口調で言うと、やっとしぶしぶ亜鳥は、男から視線をそらした。

殺気から免《まぬか》れたと察したのか、唯一意識のあった男は冷や汗でびっしょり濡れた顔に、安堵《あんど》の表情を浮かべる。

亜鳥の手を引っ張るように握った聡一郎もまた、冷たい汗をかいていた。

なにが起こったのかよくわからない。そしてこの場をいったん切り抜けたからといって、気を緩めるのは早い。

まだ近くに、男たちの仲間がいるかもしれなかった。

おとなしく手を繋がれている亜鳥を連れて、聡一郎は自宅とは反対方向へと足早に歩いていく。

男ふたりのその様子に、訝し気な視線を向ける通行人もいたが、知ったことではない。

無言の聡一郎の顔色をうかがうように、時折亜鳥はちらちらと、不安そうな顔でこちらを見ていた。

——今は気配を感じないが。……少し様子を見て、場合によっちゃ泊まりだ。

周囲を警戒しつつ聡一郎が飛び込んだのは、裏通りにあるラブホテルだった。

「聡一郎、ここはなに？　新しい家？」

例によって亜鳥は、珍しそうにホテルの部屋中を見て回ってはしゃいでいる。

棚という棚を開け、トイレやバスルームを覗き込み、ベッドの上をころころと転がった。

比較的新しいホテルらしく、部屋は狭いが内装はシンプルで、ファブリックには清潔感がある。

聡一郎は上着を脱いで備えつけのインスタントコーヒーを飲み、スーパーマーケットで買ったものを小さな冷蔵庫に押し込んでから、ラブソファに座って溜め息をつく。

「……亜鳥。どういうことなのか、説明してくれ」

「あ。うん。ずっとお茶のお店にいなくて、ごめんなさい。一口だけ飲んで、出てきちゃった。だって、なんか変な感じがしたから。俺、わかるんだ、そういうの」

「説明しろと言ったのはそっちのことじゃないが……変な感じってのはなんだ」

「え？　えっと、なんていうか空気がきりきりして、危険な感じ」

亜鳥は大きなベッドの端に座り、聡一郎と室内を交互に見ながら答える。

聡一郎はカップを小さなテーブルに置き、立ち上がって亜鳥の隣に腰を下ろした。

「そういうの、わかるのか？　特別な訓練でも受けていたのか、お前は」

「特別とか、俺にはわからないよ」

少し困ったように亜鳥は言う。

「ただ働くときは、怖かったり危ないところに行くことはあったから」

働く？　とオウム返しにすると、亜鳥はこっくりうなずいた。

「働かざるもの、食うべからず、って世話人たちがよく言ってた。俺がちゃんと役目を果たさないと、食事をくれないってことなんだ。だから俺、一生懸命働いたよ。だけど、役目があるのはすごくたまにだから、それ以外の時間はずっと役目のための準備をしてた」

話を聞きながら聡一郎は漠然と、瑞仙会組長がなにをしようとしていたのかに思い当たっていた。

食事や暮らしぶりについてのことにしてもそうだが、亜鳥の説明は語彙《ごい》が少ないから、上っ面だけを聞いているとなんのことかよくわからない。

けれど想像力を働かせて推測していくと、とんでもない事実が見えてくる。

「――亜鳥」

聡一郎はごくりと、息を呑んで続けた。

「お前の役目というのは。人を殺すことだったのか……？」

澄んだ淡い紅茶色の瞳が、じっ、と聡一郎を見る。

「そうだよ。だって俺は、そのために生きてたんだから」

聡一郎は、予感が当たったことに愕然としながら、なるべく亜鳥を刺激しないよう静かな低い声で言う。

「そのためというのは、どういう意味だ？」

「そのままの意味だよ？　世話人たちが、昔から言ってた。俺は、役目があるからご飯も寝床も貰えるんだって。そうでなかったら、生かしてないって」

――やっぱり、こいつは……そうか、そういうことか。

聡一郎はこれまで考えていた以上に凄絶だった、亜鳥の生い立ちに思い至る。

――おそらく亜鳥は、組長の息子じゃない。だが、組長の妻の子供ではあるんだろう。推測だが……妻が不倫をしてできた子供じゃないのか？　組長にとっては憎い浮気相手の……だとしたら合点《がてん》がいく。

「聡一郎。俺はやっぱり、変なのかな」

聡一郎のこわばった表情に気が付いたのか、亜鳥は大きな目を伏せた。

「……前の家では毎日、人の急所の勉強をしたり、気配を消す練習をしたよ。ナイフの使い方は、特に時間をかけて教わった。身体を動かすのは、嫌いじゃない。ひとりのときは、モニターでいろいろなナイフや銃の使い方や組手を見てた。もちろんすぐにはちゃんとできないことも多かったけど、手も身体も大きくなってきたら、だいたいのことは世話人の誰よりも上手くなった。……そうしたら、外に行って、働けるようになって」

「どこまでやった？」

聡一郎は思わず、亜鳥の両肩をつかんで揺さぶった。

「どこまでって？」

「殺しをやったのか？」

ううん、と亜鳥はあっさり首を振る。

「敵を仕留めて、世話人たちに引き渡すまでは何度もやった。そのあと、その人たちがどうなったのかは知らない。殺されたのかな？」

「お前自身は、引き渡しただけなんだな？」

念を押すと、亜鳥は素直にうなずく。

「俺がしたのはほとんど、気を失わせるまでだよ。とどめを刺すところまでする役目は滅多になくて、ええと確か、三回しかなかったんだけど。初めてのときは寸前で逃げられて、二回目は世話人のミスで人違いで、その次は俺が殺す前に、他の人に殺されちゃった」

殺人までは犯していないと知り、聡一郎は胸を撫で下ろす。

「……どうやって殺す予定だったんだ」

「えっとね、最初のときは真夜中。ぴかぴかしたネオンのお店から出てきた相手が、車に乗る直前に、近くのビルから頭を撃つ予定だった」

説明しながら亜鳥は、自分のこめかみを指さした。

「でも聞いてた話より、車がずっと手前に止まったから、タイミングがずれちゃって」

以前に亜鳥が、距離や速度がどうとか言っていた意味が、ようやくわかる。

――瑞仙会の組長は、女房の憎い浮気相手の息子を、組の暗殺要員に育てるつもり……つもりじゃない、現にもうそういうふうに成長しちまってる。

もしまだ瑞仙会が健在であれば、亜鳥はこの先殺し屋として飼われ、いずれはすべての罪を背負わされて消されるか、よくても出頭させられて、重い懲役刑を科される運命だったのだろう。

――妻には罪の意識を負わせて苦しみを与えつつ、邪魔者を消す道具があれば役に立つ。

一石二鳥ってわけか。

反吐《へど》が出る、と聡一郎は唇を噛んだ。

「だから聡一郎。俺、殺すまではしちゃいけないときは、ちゃんとそうしたよ？　さっきだって、途中でやめたでしょ？」

嫌われるかもしれないとでも思ったのか、亜鳥は珍しくムキになって言う。

「俺はものすごい力持ちじゃないけど、ナイフだって使えるし、人の身体って関節さえしっかり絞めたら動けなくなるんだ。そこまでで、世話人に引き渡すことがほとんどだったんだから」

もちろん暗殺者として隔離されて育てられたのは亜鳥の責任ではないし、可哀想な被害者というだけだ。

しかし、そんなことは気にするな、なにも問題ないという顔は、聡一郎にはできなかった。

――無邪気な顔しやがって。子供みたいな物言いばかりしているのに、こいつは簡単に人を殺せるんだ。

亜鳥が死神という渾名をつけられていたことも、ようやく腑に落ちた。

もうこれまでのように亜鳥のことを、無垢《むく》な子供のようには見られないだろう。

だが聡一郎は決して、亜鳥に嫌悪感を持ったわけではなかった。

あどけないとさえ思える姿の裏に、裏稼業の男たちを一撃で仕留める殺しの腕を持っているという事実に、見たことのない危険な生き物に接しているような、畏怖《いふ》に似た感情が湧き上がってくる。

様々な思いが渦巻《うずま》いて黙り込んでしまった聡一郎に、亜鳥は本当に心配になってしまったらしい。

「聡一郎。俺のこと嫌いになった？」

亜鳥がこんなふうに尋ねてくるのは、初めてのことではないが、ここまで不安そうな目をしていたことはかつてなかった。

「あの。俺の生活は変だったのかもしれないけど、でも悪いところは言ってくれたら直す。本当だよ。聡一郎のいいと思うようにする。だから、嫌いにならないで！」

「別に……嫌いなんて言ってねえだろうが」

「だけど前と、俺を見る目が違う」

それは隠しようもない事実だった。

亜鳥が暗殺者として育てられたことを知るまでは、天然なところのある哀れな子供のように思えて、うっかり深入りすると自分が汚してしまうように感じて距離を取っていた。

けれど今は違う。亜鳥は純粋で素直だが、その分危険な存在だ。

「お前は人を殺すというのがどういうことか、わかってるんだよな？」

「う……うん。もちろん、誰でも殺していいなんて思ってない。でも、敵は殺さないと怒られたから」

「お前が狙ったのは、お前の敵か？」

それまで淡々と答えていた亜鳥が、初めてうろたえるような顔を見せた。

「えっ。それは……わからない。だって、知らない人だから……だけど、俺の食べ物や寝床をくれる人の敵は、俺の敵だと思った」

「じゃあお前に食べ物や寝床をくれる人たちは、なんで自分たちで敵を殺さずに、お前にやらせようとしてたんだと思う」

亜鳥は口をつぐんで眉を寄せ、しばらく考え込んでいるようだった。

聡一郎は溜め息をつき、天井を仰ぎ見る。亜鳥を責める気はないが、危険な考えは早いうちに改めさせないと、取り返しのつかないことになりかねない。

やがて亜鳥は、途方にくれたようにぽつりと言った。

「でも俺……上手に殺す以外、他になにもできないんだ……」

おそらく、優秀な殺し屋にするべく育てられたのだろうから、亜鳥がそう思うのも無理はなかった。

亜鳥は聡一郎に、全身で縋《すが》りついてくる。

「ごめんなさい。俺、なんにも聡一郎の役に立てない。だけど、もう前の家には帰りたくないよ。どうしたらいい？　どうしたら聡一郎の傍にいられる？」

この新たに知った事実の前に聡一郎は、亜鳥が普通の年相応の青年として、社会に馴染むのはかなり難しいだろうと感じた。かといって放置してもおけない。

それならば自分が受け入れるべきだと思うのだが、まだ聡一郎の心の中には葛藤が渦巻いている。

「亜鳥、俺は……前にも言ったが、お前が思っているような人間じゃない。のうのうと生きている資格がないようなクズだ。……それでも俺と一緒に生きていきたいか？」

「生きているのに資格が必要なの？　知らなかった」

驚いて目を丸くする亜鳥に、聡一郎は言う。

「他人にひどいことをすると、生きている資格はなくなる。お前は俺がそういう人間だと知らないだけだ」

「うん。俺は知らないことがいっぱいあるから、そうなのかもしれない。でもそれなら、人を殺す練習ばかりしてた俺だって、資格がないんじゃないの？」

亜鳥の小さな顔に、複雑な表情が浮かぶ。

「聡一郎は会ったときから時々、死んでもいいとか言ってて、俺はもしかしたら聡一郎は、死にたいのかなって思ってた。でもそうしたら、俺はまたひとりになっちゃうから嫌だなって。……そうだ」

亜鳥はふいに明るい顔つきになって、聡一郎を見る。

「じゃあ俺が聡一郎と一緒にいて、本当にこの人は生きてる資格がないんだなってわかって……もう傍にいたくないと思ったら、そうしたらそのときは俺が死なせてあげる。それなら俺、役に立てるよ」

「え……？」

亜鳥は細い両腕を、聡一郎の背に回してきた。

「俺がやってあげる。一瞬で、痛くなく、上手に殺してあげられるから」

思いがけない提案に聡一郎は呆然として、胸に縋りつくようにしてくる亜鳥の形のいい丸い頭を見た。

「本当か？　できるのか」

「うん。約束する」

亜鳥に約束だと言われた瞬間、長年背負っていた鉛《なまり》のように重い荷物が、すうっと溶けて消えていくのを聡一郎は感じる。

そしてこのとき聡一郎の身には、奇妙なことが起こっていた。

亜鳥の言葉を聞くうちに、不思議な感覚が胸を貫いていたのだ。それは、ときめきというものに近かったかもしれない。

この可愛らしい生き物が、自分をあっさりこの世から葬《ほうむ》ることができるのだと信じた途端、聡一郎は限りない癒しと救いを感じていた。

――俺を救ってくれるのは、神でも仏でもない。……死神だったんだ。

そんな思いにとらわれて、聡一郎は亜鳥の背に、ゆっくりと手を回した。

「……なあ、亜鳥。お前は俺と結婚したいと言ったよな。今も俺のことが好きか？」

亜鳥は上を向き、ぽ、と白い頬を桃色に染めた。

「うん好きだよ。聡一郎は優しいし、かっこいいから」

「そうか。だったら俺の言うことをよく聞いてくれ。……前の家の世話人とやらが言ったことは、全部忘れろ。役目も、働くこともだ。できるか？」

「……聡一郎がそういうなら、そうする」

聡一郎は亜鳥の髪を、そっと撫でた。

「よし。じゃあ、お前が殺していいのは、俺だけだ。他の誰のことも、絶対に殺すな」

亜鳥に犯罪を起こさせないためというだけでなく、心底聡一郎はそれを望んでいた。

それは芽生えたばかりの、亜鳥に対する独占欲だったのかもしれない。

「わかった。それで俺が傍にいられるなら、そうする」

真剣に言って、亜鳥はひたむきな目で聡一郎を見据える。

今腕の中にいるのは無邪気な天使ではなく、暴力と利権渦巻く世界の男と女の、どろどろとした欲望から生み出された死神だった。

そして後者のほうが、聡一郎にはずっと愛しく、エロティックな存在に思える。

「……亜鳥。俺のものにしてもいいか」

白い耳たぶに囁くと、亜鳥はうなずく。

そっと唇を重ねると、喜んでいるように細い身体が震えた。

薄く開いた唇の隙間に舌を入れると、一瞬とまどったものの、すぐに受け入れられる。

舌先で上顎を愛撫して、小さな舌を搦《から》めとってきつく吸うと、亜鳥の身体はそれだけで熱くなってきた。

「んっ……んぅ、う」

苦しくなってきたのか、亜鳥は顔を背けようとする。一瞬、唇を解放して息継ぎをさせてやり、それからまた深く口腔を貪った。

「っう……んん」

唇の端から唾液と一緒に零れる呻《うめ》きは苦しそうだが、亜鳥の手はしっかりと聡一郎に抱きついてきたままだ。

聡一郎はゆっくりと亜鳥に体重をかけ、そのままベッドに押し倒した。

「……あっ、ん……」

唇から白い喉元に舌を滑らせると、ぴくっと亜鳥の身体が跳ねる。

そうしながら聡一郎は、亜鳥の黒いカットソーの下に手を滑らせた。

「そ、聡一郎、なに」

亜鳥は身をよじり、切なそうに眉を寄せる。考えてみれば亜鳥は性教育すら受けていないだろうから、セックスの方法すら知らないかもしれない。

「亜鳥。服を脱がせるぞ。そのほうが……お前との距離が、縮まる」

耳たぶを唇で挟むようにして告げると、亜鳥は潤んだ目をして素直にうなずく。

聡一郎に身を委《ゆだ》ね、無抵抗であらわになった上半身は、どきりとするほど淫らに見えた。

無駄な肉はほとんどなく、細い骨を柔らかな筋肉が綺麗に包み、ネコ科の獣のようにしなやかな身体をしている。

「ああ、ん」

鎖骨に歯を立てると、甘い声が漏れた。手のひらで滑らかな肉の隆起を確かめるように上体を愛撫し、胸の突起に指を絡める。

触れているところから伝わる鼓動はどんどん速くなり、亜鳥の呼吸も荒く、速くなってきていた。

「いっ……んっ、ああ」

きゅ、と突起をきつくつまむと、亜鳥は眉を寄せる。

さらには肌を強く吸うと、亜鳥は苦しそうに身をよじった。

だが与えている刺激が痛みだけではないことは、身体を重ねている聡一郎にはよくわかる。

亜鳥の足の間はとっくに熱と硬度を持ち、時折もどかしそうに、聡一郎に押しつけられていたからだ。

亜鳥はそれを、率直に口に出す。

「そう、いちろ……っ。俺の、もう、辛い」

鼻にかかった甘い声で、亜鳥はねだった。

「この前みたいにして欲しいのか？」

「うん。して。早く」

本当に辛いらしく、亜鳥の目にはうっすら涙がにじんでいる。

聡一郎は亜鳥のブラックジーンズの前をくつろげ、下着の中に手を伸ばした。

「あう、んっ！」

直に触られた衝撃で、亜鳥の腰が跳ねる。

「き、気持ち、い……っ、ああ」

亜鳥は快感を欲しがって、聡一郎の手に自身を押しつけるようにしてきた。

「ほら、イかせてやるから手を離せ。下着、きついだろ」

聡一郎の背中に縋るようにしていた手が、亜鳥の顔の両脇にぱたりと落ちる。

無防備に開かれた肢体からすべての衣類をはぎ取って、聡一郎は枕元に備えつけの、ビニールパッケージに入ったジェルを手にした。

それから亜鳥の、すんなりした足の間に身体を入れる。

淡い照明に照らし出された亜鳥のものは、可哀想なくらいに張りつめて、反り返ってしまっていた。

「ん……んん」

もう待てないというように、自分で慰めようとした手を、聡一郎はやんわり阻《はば》む。

「もう少しだけ我慢しろ」

「や。いや、我慢、できない」

潤んだ目で亜鳥は、腰を振ってせがんだ。染みひとつない、ムチのようにしなる身体がそんなふうに誘う仕草は、たまらなく淫らに見える。

——自覚なくやっているんだろうが……こんな本性を発揮したら、いくらでも男を手玉にとれるんじゃないのか。

そんな思いが、聡一郎の脳裏をかすめる。

「つう、あ……っ、やっ、あ」

しっかりと開かせた足の間の一番奥に、ジェルをたっぷりまとった中指を、慎重に挿入させていくと、亜鳥の呼吸が速くなる。

「この前も、ここまではしただろう。痛くないよな？」

「痛く、ない……けど」

亜鳥は答えながら、もどかしげに身をよじった。

「早く、聡一郎。この前みたいに……っ、ああっ」

ねだる身体に、聡一郎は根本まで指を埋める。

とても狭くてきつかったが、内部は聡一郎の指をくわえ込み、きゅうきゅうと吸いついてくる。

「あっ、あんっ、やぁ……っ」

丁寧に中を解すと、細く高い甘い声が立て続けに上がる。

亜鳥のものは揺れ、先端からは透明なしずくが零れて、下腹部を濡らしていた。

「もっ、駄目ぇ……っん、ああっ」

切なげに眉を寄せ、自ら腰を揺らす亜鳥は、凄絶に色っぽい。

ゆっくりと指を引き抜くと、亜鳥の喉がひくっと鳴った。

聡一郎は自らの前をくつろげて亜鳥の腰を抱え直すと、ジェルで濡らし、ぬるついた部分に自身を押し当てる。

「亜鳥、力を抜け」

「え……っ、あ」

亜鳥は聡一郎の状態に気が付き、なにをされるのかわかったらしく、火照った顔が困惑したように聡一郎を見た。

「んっ！　あっ、あ」

怯えさせないように、張りつめたものをそっと指で愛撫してやると、そこへの刺激を待ちわびていたように、亜鳥は快感に酔ったようになる。

力の抜けた身体に、改めて聡一郎は自身をあてがった。そうして。

「――っ！　ぅあ……っああ！」

ゆっくりと、けれど容赦なく、聡一郎は細い身体を貫いていく。

「ひ……っ！」

亜鳥の身体が反り返り、激しく震えた。と同時に、張りつめていたものが弾け、下腹部を濡らす。

「……う……っ」

達した身体は思い切り聡一郎を締めつけてきて、思わず聡一郎は低く呻く。

けれど直後に亜鳥は脱力し、聡一郎は腰を進めた。

「あうっ、や……っ！　待って、俺……」

達したばかりの身体に、熱く固いものを奥まで入れられて、亜鳥は半泣きになる。

「痛いか？」

心配になって尋ねたが、亜鳥はふるふると首を振った。

「い、痛く……なっ、い、けど。っあ、駄目……っ」

これまで知らなかったであろう快感に、亜鳥は怯えてしまっているらしい。

深々と貫いた身体を、聡一郎はできるだけ優しく抱き締めてやった。そして、優しいキスを繰り返す。

「怖いことなんて、なにもない。俺と繋がって、気持ちいいだろ？」

囁くと、亜鳥は快感に朦朧《もうろう》となっている目で聡一郎を見る。

「怖く、なんて……ない。知らなかった、だけ、だから」

平気、と強がる亜鳥が愛しくて、聡一郎はさらに細い身体を責めてしまう。

「ああっ、あ、はあ……っ」

亜鳥が可愛くて大切にしたい反面、滅茶苦茶《めちゃくちゃ》に貪ってしまいたいという矛盾した思いが、腹の底から湧き上がってくる。

「やっ……ああ、溶けちゃ……う」

亜鳥のものはすぐにまた硬度を持ち始めていて、痛みだけを与えているわけではないことに、聡一郎は安堵した。

細い身体はしなり、身もだえ、震えながら聡一郎のものをしっかりとくわえ込む。

「っああ！　ん、やぁっ」

深く浅く中を抉《えぐ》ると、甘い悲鳴が立て続けに上がった。

辛いはずなのに、亜鳥は聡一郎の背中にしっかりと両腕を回し、離すものかというように縋りついてくる。

聡一郎もまた、熱に浮かされたようになっていた。細い腰を、壊してしまうのではないかと気遣いつつ、快感を追うのを止められない。

亜鳥の中はひどく熱く、飲み込むように蠢いている。

「駄目、も……おかしく、な……っ、ああ」

強すぎる快感に耐え切れなくなったのか、亜鳥の目から涙が転がり落ちた。

ひゅう、と白い喉が反り、同時に大きく腰が跳ねる。

またも達してしまったものから、白い液体が放物線を描いて下腹部に滴《したた》り落ちている間も、聡一郎は亜鳥を味わうのを止めない。

「――っ！　や、あ……っ！」

もう声も出なくなっている身体を、聡一郎はきつく抱き締めた。

「亜鳥……っ」

名前を呼んで激しく身を震わせると、次の瞬間、脱力する。

しばらくはぐったりと重なったまま、どちらもはあはあと荒い呼吸を繰り返し、やがて聡一郎はごろりと亜鳥の横に仰向けになった。

「……大丈夫か？」

尋ねると、亜鳥はまだ肩で息をしながら、目を閉じてこくりとうなずく。

聡一郎は立ち上がり、ティッシュで軽く自身と亜鳥の汚れを拭ってから、放心状態の身体を横向きに抱き上げる。

「……なに、するの……？　このまま、寝たい」

「少しだけ我慢してろ。シャワーで綺麗にしてからだ」

亜鳥はバスルームで聡一郎に身体を洗われている間もずっと従順で、甘え切った目をしていた。

洗い終えて身体を拭くと、もう瞼《まぶた》を開いているのも辛いといった様子で、ベッドに横たわらせると同時に眠ったようだ。

外出で散々はしゃぎ、暴漢に襲われてひと暴れしたあと、初めて最後まで抱かれたのだから無理もないだろう。

聡一郎はまだ眠る気になれず、備えつけのバスローブを着て、しばらく亜鳥の無防備な寝顔を眺めていた。

――――二度と誰とも、深い繋がりは持たないと心に決めていたはずなのに。……人生ってのはわからないもんだな。

自嘲しつつ、亜鳥の額にかかる髪をそっと梳《す》く。

――これから先が、どんな人生になるにせよ。こいつが終わらせてくれるなら、それも悪くない。

聡一郎は長いことじっと亜鳥を見つめたまま、空虚《くうきょ》だった心の隙間が温かいもので満たされていくのを感じていた。

◇◇◇

――聡一郎は、眠らないのかな。……髪を撫でてくれる手が、気持ちいい。

亜鳥は目を閉じてはいたが、横たわってすぐに熟睡していたわけではなく、しばらくの間は起きているとも眠っているともつかない、まどろみの中にいた。

優しい視線と感触を額に感じながら、なんだかおかしいな、と亜鳥は思う。

殺してあげると約束したら、聡一郎はとてもホッとしたような、嬉しそうな顔をした。

物理的にはできると思うのだが、実際にできるかなと考えると、亜鳥には絶対にできないように思えて仕方なかった。

狙った標的ははずさない。というだけの簡単なことが、なぜできないのか。

なにごとも役目だと割り切って生きてきた亜鳥にとって、こんなことは初めてだ。

――約束したんだから、ちゃんとしなきゃ。……でもそれは、俺が聡一郎をいらないって思ったときだって言ったし。そんなふうに思う日はきっと来ないから、殺せなくても大丈夫だよね……。

これまで亜鳥の周りには、いなくなって困る人間は誰もいなかった。

顔を覚える前に世話人は変わってしまうし、親しく話した相手は施設時代の、幼い記憶の中にしかいない。

強いて言えば、銃やナイフの扱いを教えてくれたおとなたちはまともに亜鳥と接してくれたが、訓練以外の私的な会話は一言すら交わしていなかった。

もしかしたら瑞仙会から、厳しく言い渡されていたのかもしれない。

もちろん亜鳥としては、決められたルールを破ると叱られるし、食事を抜かれてひもじい思いをすると身に染みてわかっていたので、こちらから声をかけることもなかった。

そのせいもあって、なおさら聡一郎と話すのは楽しい。

初めて見たものに対する驚きも嬉しさも、ひとりで経験するだけより誰かと一緒にいて反応があるほうが、何倍にも感動を増して心に響くのだと亜鳥は知った。

――聡一郎は本当に、毎日新しい物をいっぱい俺に見せてくれる。知らなかった世界を教えてくれる。きっとこれからも。

かつての生活では、眠ることが一番の楽しみだった。朝なんて来ないほうがいいと思っていたのだが、今は違う。

明日またなにか、これまでとは違うものが手に入る。想像したこともなかったような情報が得られる。

そう考えるだけで、亜鳥はワクワクしていた。

ただ、そうした明るい変化の中にあって、ひどく重苦しい不安も亜鳥には芽生えている。

——俺は、なんだか変になってる。だって……ずっと誰もいなくて平気だった。それなのに、聡一郎がいなくなったらと思うと、怖くて怖くてどうしようもない。

亜鳥は胸を、そっと押さえた。

——胸が痛い。俺は、病気になったのかもしれない。

この痛みの正体がなんなのか、絵本で末永く幸せに暮らした王子様とお姫様のお話しか読んでいない亜鳥には、知る由《よし》もなかった。

暴漢を撃退してからしばらくは、平穏な日々が続いた。

聡一郎は仕事で忙しく、毎日のように家を留守にして、亜鳥に自分が捨てられるのではないかという不安を与えた。

しかしそれを悟ったかのように聡一郎が、仕事の合間に電話をくれるようになり、随分気持ちは楽になっている。

それに亜鳥には、いくらでも時間が必要だった。文字の読み書き、電化製品の使い方など、覚えるべきことや学びたいことが山ほどあったからだ。

本棚の図鑑は、聡一郎が子供の頃から大事に所蔵していたものらしい。亜鳥が気に入っていると知って、さらに何冊かを古書店から取り寄せてくれた。

そうして気が付けば聡一郎は、休みの日と帰宅してから眠るまでの時間を、すべて亜鳥に提供してくれるようになっている。

絵本より少し難しい本や、市販の教材も買い与えられ、亜鳥は聡一郎のためにもと一生懸命勉強していた。

おかげでだいたいの家事はできるようになったし、買い物もできるようになっている。

変わったのは亜鳥だけではなく、聡一郎も最初にこの部屋を訪れたときと、だいぶ違ってきているように思えた。

いつの間にか少しずつ酒の空き瓶は減っていき、今では室内に一本もない。

ゴミ袋も日に日に減って、なんだか部屋が随分と広くなったと感じた。

あちこちべたついて汚れていた床も、一緒に掃除をしてぴかぴかになっている。

それに亜鳥にとっては充分なご馳走《ちそう》だったのだが、菓子パンやカップ麺を、聡一郎は食事に出さなくなっていた。

　この日は午後からの仕事だということで、傍につききりで亜鳥に教えながら、朝食に食べる魚の調理にかかっている。

「これはなんの死体？」

　亜鳥が聞くと、聡一郎は真面目くさった顔で言う。

「いいか、よく見てろよ亜鳥。今日はお前に、死体と料理の関係について教えてやる。お前に覚える気があるならだが」

「ある！」と亜鳥が力強く言うと、聡一郎はうなずいた。

「じゃあ始めるぞ。まずこの魚だが、名前は鯵《あじ》だ。で、死体を料理に変えるためには、ここから切って頭を落とす」

　まな板の上にのせた魚のエラに、聡一郎は包丁の刃を斜めに入れた。

「反対側からもこうすると頭が取れる。そうしたらこの部分を切って、腹のところから開く。次にこうやって、水で洗いながら内臓を取り出す」

　聡一郎は器用に親指で中身を出し、洗い流した。

「それから尻尾のとこから刃を入れて……こうだ。こっちもそうして、この真ん中に残ってる小さい骨を取る。今は包丁で切り取っちまうが、時間があればピンセットを使う。……それができたら、ここを引っ張って皮をむく」

あっという間に三枚に下ろしていく聡一郎の手元を見ていると、それはさらに細かく刻まれていく。

「食い方はいろいろあるが、今日は捌くのを覚えるのがメインだからな。簡単にこれで食っておけ」

聡一郎はそう言って、まな板の上に刻まれた鰺の身に、ショウガを細かく切ったものを合わせてさっと醤油をかけ、指でつまんで亜鳥の口の前に差し出してくる。

「もう料理に変わったの？」

「ああ。食ってみろ」

さっきまで死体だったのにと思いながら、亜鳥はつばめのヒナのように、大きく口を開いた。

ぱく、と聡一郎の指ごと口に入れてから、もぐもぐと咀嚼《そしゃく》する。

魚の臭みをショウガが消し、脂ののった身はとても美味しい。

「美味い！　俺はこれ、好き。全部食べていい？」

ちょっと待て、と聡一郎はまな板の上の、今はすでに料理になっている鰺を皿に移した。

それからまな板を一度洗って、次の鰺をデンと置く。

「見てただろ。同じようにやってみろ」

「……うん。やってみる」

亜鳥は包丁を借りて、覚えている通りに手を動かした。

聡一郎は真後ろで見ていて、手順ごとにアドバイスをしてくる。

「次は尻尾のほうから……背骨に軽く当てる感じで刃を動かせ。そうだ、そのゾリゾリって音をさせるように切るのがコツだ。背骨から遠いってことは、身が余ってもったいねぇってことだからな」

「これでいい？　……できたよ、もう食べられる？」

「おお、簡単にできたじゃねえか。お前、刃物の使い方が上手いな」

――褒めてもらった。料理ができたんだ、なにもできないのかと思ってたけど、教えてもらえたら、なんだってできるんだ！

亜鳥が感激してまな板の上を眺めている間に、聡一郎はレンジで温めたパックのご飯を茶碗に盛った。

そして聡一郎が作ったものと同様に、亜鳥が切ったばかりの鰺にもショウガと醤油を混ぜて、ご飯の上にのせる。

「亜鳥、テーブルを拭け。飯にするぞ」

わあい、と亜鳥は言われた通りに布巾《ふきん》でテーブルを綺麗にした。

まだ落書きの跡は残ったままだが、もう埃はかぶっておらず、毎日磨かれて今は艶《つや》が出て光っている。

それから割り箸を出し、聡一郎と自分の分をきちんと並べた。

聡一郎はインスタントの味噌汁を、鰺を乗せた茶碗の隣に置く。

ふたりしていただきます、と手を合わせ、亜鳥は初めて自分で作った魚料理を口にした。

魚だけでも美味しかったが、ご飯と食べると一層美味しい。

はぐはぐと夢中で食べてお代わりをする。二杯目を半分ほど食べたところで、聡一郎が自分の茶碗に、化学調味料とお湯を注いでいるのを見て亜鳥は不思議に思う。視線に気づくと、聡一郎は説明してくれた。

「茶漬けにしても美味いんだ。お前もやってみるか」

茶漬けの意味はわからないが、なんだってやってみたい。

お湯を注いで醤油を足してもらい、化学調味料を振りかけて、ふうふう吹いて食べてみると、鰺の脂が湯に溶けて、また違った美味しさが感じられた。

「……すごいね。こんなふうに別の料理に変えることもできるんだ。きっともっとたくさん、いろんな食べ方があるんだよね？」

「そうだな。覚えることがどんどん出てくるだろ。頭がパンクしないようにしろよ」

からかうように聡一郎は言ったが、亜鳥は真に受けてしまう。

「パンクしたら、覚えたことがなくなっちゃうかな。それは嫌だ。どこまでなら大丈夫か、聡一郎は知ってる？」

「……そうだな」

聡一郎は食べ終えて箸を置き、少しだけ遠い目をして言う。

「パンクといっても破裂はしないから心配するな。記憶ってのは針で突いたみたいな穴から……少しずつ漏れて、消えていくんだ。気が付かないうちにな」

「そうなんだ。それなら、いいや」

昔の記憶から消えていくのだったら、むしろ歓迎したい。

亜鳥はそう思って笑ったのだが、聡一郎はどこか複雑そうな顔をしていた。


食事を終えると、さっそく亜鳥は皿洗いに取りかかった。一番最初に亜鳥ができるようになった家事だ。

洗剤がもこもこと泡立つのも好きだし、柑橘《かんきつ》系の香りも気に入っている。

茶色いぬるぬるの多かったシンクも、丁寧にこすって掃除をするうちに、鏡のようになっていた。

べたついた感触が、つるつるしたものに変わっていくのが楽しくて、亜鳥はニコニコしながら最後の皿の水切りをした。

それから洗面所で聡一郎がひげをそっている間に、玄関に行って乾いた布で、大きな革靴の埃を落とす。

――聡一郎がお嫁さんなのに、仕事に行ってくれるんだから、俺はできるだけのことをしなくちゃ。

亜鳥はそう考えて、覚えた家事はなんでも一生懸命やっている。

やがて聡一郎が支度を終えると、その広い肩にいそいそとジャケットを着せかけた。

「ひとりで着れると言ってるだろうが」

「手伝ったって、いいじゃない」

なぜか顔を赤くしている聡一郎が、亜鳥は可愛いと思う。

それから手を伸ばして聡一郎に抱きつくと、よしよしというように、大きな手が頭を撫でてくれた。

聡一郎はその手で亜鳥の顎をくいと持ち上げ、触れるだけのキスをする。

「じゃあ行ってくるから。おとなしく留守番してろよ」

「うん。なにかあったら、電話する」

いってらっしゃい、と笑って言った亜鳥だったが、玄関ドアが閉まって聡一郎の姿が見えなくなると、やはり気持ちは一気に沈んでしまった。

――早く、ただいま、って声が聞けるといいのに。

送り出したばかりだというのにそんなことを考えながら、亜鳥はちょこんとベッドに腰掛ける。

まだひとりで外出することは、聡一郎に許されていなかった。それから刺激が強いという理由で、テレビも観たら駄目だと言われている。

架空と現実と、その両方が混ざったものが放送されているらしいのだが、亜鳥にはまだ見分けがつかないから、というのが禁止されている理由だった。

けれど亜鳥は、この生活に充分満足していた。聡一郎がいてくれるというだけでなく、嫌なことの強制がないし、生きるということの意味が少しずつわかってきた気がする。

——料理をして、美味しいって感激しながら、聡一郎と一緒にご飯を食べて、楽しく話す。なんて夢みたいな暮らしなんだろう。

明日も明後日も、こんな日が続くのだと嬉しく思いながら、亜鳥は枕のカバーをはずした。

それから聡一郎と、自分のパジャマを抱えて、洗濯機へと向かう。

亜鳥は洗濯機と掃除機、それに電子レンジが大好きになっていた。操作が簡単だし、見た目もかっこいい機械だと思うからだ。

亜鳥は以前の生活でも拳銃や、ジムのマシンは知っていたが、こんなに大きくて便利だったものはない。

それに温めたり綺麗に洗えたりどんどんゴミを吸い込んだり、効果がすぐに出るのもすごいことだと思える。

「よし、いくぞ。三、二、一、……スタート！」

カウントをとり、もったいつけてボタンを押し、亜鳥はしばらく洗濯機の高性能な働きぶりを眺めていた。

「脱水、かっこいい。ゴゴゴゴ……」

時折ねぎらうように洗濯機を撫でつつ、飽きるまでその動きを堪能する。

亜鳥にとってはこんなふうに、家事のすべてに新しい発見があった。

最後まで洗濯機の働きを見届ける前に、亜鳥の目はとろんとしてくる。

このところ、夜遅くまで聡一郎に抱かれている日が続いていた。

亜鳥も聡一郎が求めてくれるのは嬉しいし、敏感な身体はもっともっととねだってしまう。

そのため、ことが済んでからも身体が興奮したままなかなか寝つけず、寝不足になってしまっていたのだ。

――すごく……気持ちいいけれど。すごくくたびれてしまう。俺より聡一郎が動いているはずなのに、どうしてだろう。

亜鳥はふらふらとベッドへ行き、ころんと横になった。

窓からは明るい午後の日差しが、さんさんと降り注いでいる。

なにもかも綺麗に磨かれ掃除をされた、シンと静かな室内に、窓ガラスを通してかすかに飛行機の音が聞こえてきた。

白い壁を見るともなく見ながら、世界にはこんな日常があったのだと、改めて亜鳥は実感する。

――なんだか胸がほわんてしてる。みんなはこういうふうに生活しているのかな。……俺が殺そうとした人も、そうだったのかな。だとすれば、聡一郎が誰も殺してはいけないって言ったことは、正しいんだ。

――誰も殺さなくて、よかった。

心からそう思い、亜鳥は聡一郎の匂いがまだ残るシーツに、顔を埋めたのだった。

「そ、聡一郎……そんな、にしたら、らめ……」

聡一郎の帰宅は、日に日に早いものになっていた。

以前は酒を飲んで帰宅するパターンだったようなのだが、最近は契約した勤務時間が終了次第、帰ってきてくれる。

まだたいしたものは作れないが、それでもなんとか亜鳥が用意した夕食を食べて風呂に入ると、片時も亜鳥を傍から離さずに朝までの時間を濃密に過ごした。

「深い……っ、あ、あっ」

「亜鳥。お前の中、すごくいい」

「ひっ……やっ！　あ、ああ」

今夜は一度達しても、まだ聡一郎のものは熱と硬度を失わなかった。

散々貫かれた直後、再び体内を抉られ始めて、亜鳥は朦朧としてしまっている。

「も、もう、できな……い」

痛くはない。けれど、延々と下腹部からせり上がってくる快感に、亜鳥の呼吸と思考が付いていかない。

「やら、ん、ああ」

だらしなく開いた唇の端から、唾液が零れているのがわかる。

涙でかすんだ目に、勃《た》ち上がった自身がゆらゆらと揺れ、先端から透明なしずくが糸を引いているのが見える。

「——あ……あ」

ふうっ、とその視界が、暗くなりかけたのだが。

「っああ！」

思い切り強く聡一郎のものに突き上げられ、激しすぎる刺激に、強引に意識が引き戻された。

「あ、あぁ……っ、も、やぁあ」

快感のあまり失神しかけたというのに、快感の激しさにそれさえも許されないという状況に、亜鳥は激流に飲まれる木の葉のように翻弄《ほんろう》されていた。

身体は聡一郎を拒もうとして反射的に収縮するが、そのせいで余計に締めつけてしまい、伝わる刺激はさらに大きくなる。

ひいっ、と亜鳥はその悪循環に、涙混じりの嬌声《きょうせい》を上げた。

「ゆ、許して、も。許してぇ」

懇願するが、亜鳥は無意識に聡一郎を押しのけるのではなく、反対に縋りついてしまっている。

つま先はピンと伸ばされ、過ぎる快楽に痙攣《けいれん》したように震えていた。

聡一郎はそんな亜鳥が可愛いと、耳元で何度も囁いてくる。

「お、おかしく、なっちゃ……あ、あそこが、溶けちゃう」

「ああ。俺も、溶けそうだ」

熱に浮かされたような声で、聡一郎は言う。

亜鳥がぼんやり目を開くと、汗を浮かべて熱に潤んだ瞳をした聡一郎は、たまらなく艶やかで魅力的に思えた。

こんな人間をこれまで誰ひとりとして、亜鳥は見たことがない。自分にとって特別な人な

のだと、改めて思う。

そして間近で見る聡一郎の目は鋭く、情熱的ではあるが、どこか悲しいといつも亜鳥は思っていた。

なにがそんなに聡一郎を悲しくさせているのかは、亜鳥にはわからない。

以前聡一郎は、自分のことをもっとよく知ったら、亜鳥が今のようではなくなると言っていた。あの言葉になにか、関係あるのかもしれない。

――でも、なにがあっても、俺にとっての聡一郎は変わらない。だから……もっと俺がいろんなことを知って、勉強して、聡一郎を守りたい。そうしたらもう、こんな悲しい目はさせないのに。

こんなふうに身体を苛まれているときでさえ、亜鳥は聡一郎を案じ、癒したいと思っていた。

「聡一郎……気持ち、いい？」

薄い涙の膜越しに、聡一郎がうなずいたのがわかる。

――それなら、おかしくなっても、溶けてもいいや。

何度目かに意識が遠のく寸前、亜鳥はそんなことを考えていた。

抱き合ったあとはシャワーを浴びて、空腹になったらなにか食べて、聡一郎の仕事がない一日はこんなふうにして終わる。

もう今の亜鳥にとって、過去の暮らしも人間関係も、なんの意味も持たない。

聡一郎だけが世界の中心ですべてだったし、他のものはなにもいらなかった。

ただ、知識と常識が欲しいという気持ちは、聡一郎のためにも必要だと感じているので、勉強は怠《おこた》らない。

聡一郎のほうも、亜鳥のためにこれまで以上に仕事をしなくてはと思っているようだ。

「あのね。……前から思っていたんだけれど。聡一郎の仕事って、俺みたいな殺し屋とかから、人を守ることなんだよね？　それって、危ないんじゃないの？」

もうどちらも無理だというほどに愛し合って、すっかり身体を綺麗にしたあと、聡一郎に腕枕をされながら、亜鳥は尋ねる。

その声は嬌声を上げ続けていたせいで、幾分かすれていた。

「そうだな。でも危ないからこそ、それなりの報酬が貰える」

聡一郎は、亜鳥の髪を撫でながら言う。

「ふうん。それなりって、どれくらい？」

「依頼内容や依頼人にもよるが。低いときでも、一か月でゼリーが一万個は買える程度だ」

「一万個？　それって、ええと、百と千の次だよね。ゼリーのプールができるんじゃない？　俺は、そんなにいらない。お風呂くらいでいい」

亜鳥の言葉に、聡一郎は苦笑する。

「ゼリーだけじゃ生きていけないだろうが。お前と一緒にいるなら、もう少し広い部屋に越したいしな。それにお前に教育を受けさせることも考えなきゃならない。となると、金はいくらあっても困らないだろう」

「そんなの、いらない」

なんだか不安になってきて、亜鳥は顔をしかめた。

「俺は自分で勉強するし、聡一郎も教えてくれる」

「俺は人にものを教える柄じゃない」

「でも、魚の捌き方や、洗濯機の使い方を教えてくれたじゃない」

「それくらいならな。でも、もっと難しくて俺にもわからねえことが、世の中にはたくさんあるんだ」

「聡一郎が知らないことは、俺も知らなくていいのに」

駄目だ、というのが聡一郎の答えだった。

「人生の選択肢は、できるだけ多いほうがいい」

「でも、それで俺が、もっと違うこと……聡一郎じゃない人や、聡一郎と一緒じゃない人生を選んでもいいの？」

亜鳥が言うと、聡一郎がハッとしたようにこちらを見た。

鋭い目の光がだんだんと弱くなり、またあの悲しそうな色が浮かぶ。

「……そうだな。だがそれはそれで、お前にとって悪いことじゃない」

駄目だよ！　と今度は亜鳥がきっぱりと言う。

「俺が離れるとしたら、それは聡一郎のことが嫌になったときだ。そのときは、俺が聡一郎を殺すって約束したよね？」

「あ……ああ」

約束したよ、と亜鳥は繰り返して、聡一郎に抱きついた。

「だから聡一郎が生きている限りは、俺と一緒だ。聡一郎が嫌でも、俺がそうしたいんだ」

胸に顔を押しつけると、大きな手が亜鳥の髪を撫でてくれる。

心地いいはずなのに、亜鳥はますます不安になってきて、抱き締める腕に力を入れたのだった。


三か月ばかりが過ぎた頃、亜鳥はようやくひとりで外出できるようになっていた。

といっても、聡一郎のマンションから百メートルほどしか離れていない、青果店限定だ。

商店街までそう遠くはないのだが、おそらくまだ亜鳥は好奇心に逆らえず、なにか大失敗をやらかしてしまうだろうというのが聡一郎の考えらしかった。

――確かに、ひとつひとつのお店とその商品を、気が済むまで調べて回ったら、一日かけても足りないかも。

いずれにしても亜鳥は、ひとりで自由に外に行けるだけでも充分嬉しかったので、文句はない。

それに亜鳥には明日も明後日も、好奇心を満たす時間はいくらでもあるのだ。

以前、一緒に買い物に行ったときに何着か着替え用の洋服を買い揃えてもらったが、どれがいいと言われてもまったくわからないため、結局それまでと同じ黒い服ばかり選んでしまった。

かつての役目の名残で、目立ちたくないという気持ちもあり、明るい色柄はなんとなく気が進まない。

そのため亜鳥は今日も黒いニットと洗いざらしのブラックジーンズで、財布を握り締めて外へと出る。

世話人に監視されず、自分のペースで道を歩くだけでも、亜鳥にとっては新鮮な感覚だった。

時折、青空を見上げて立ち止まり、大きく深呼吸をする。

その脇を学校帰りの子供たちが走り抜け、はしゃいだ笑い声に亜鳥までつられて笑顔になった。

散歩中の犬と飼い主に話しかけたり、住宅の窓から漏れ聞こえてくる音楽に耳を傾けたりしながら歩き、亜鳥は目的の店に着く。

そうして奥のレジにいた年配の女性店主に、こんにちは、と声をかけた。

「あら、いらっしゃい。今日はなにがいるの？」

「今日は、キャベツとにんじんをください」

白髪のおかっぱ頭の店主はとても親切で、何度か通ううちに顔見知りになっていた。

最初に聡一郎と来たときに、亜鳥があれこれ尋ねているのを耳にして、美味しい野菜の見分け方を教えてくれたりもした。

「はいはいキャベツね。これなんか重くてしっかり巻いてるからおすすめよ」

「んー。でも、ここのとこちょっと、汚くなってるよ」

「外側の葉っぱは固いから、取って捨てちゃっていいのよ」

「そうか。じゃあね、あとにんじん。俺はそんなでもないんだけど、聡一郎が好きなんだ」

「聡一郎って、前に一緒に来た人？　お兄ちゃんも可愛い顔してるけど、なんだかえらく男前の人だったねぇ。兄弟なの？」

違うよ、とびっくりして亜鳥は否定する。

「似てないでしょ。聡一郎は俺のお嫁さん」

「およめ……え？」

「まだなんだけど、その予定なんだ」

あらあらそうなの、と店主はわかったようなわからないような顔をしていたが、そそくさとキャベツとにんじんを手にレジへ向かう。

変なの、と思いつつ亜鳥が財布を開いていると、ふいに背後からポンと肩を叩かれる。

「よう！　元気そうだな、亜鳥」

亜鳥は振り向いて、そこに立っていた相手に驚く。

「……赤尾さん」

「久しぶりだな。……ここんとこずっと、お前がひとりで出てくるのを待ってたんだぜ。……少し話をしよう、近況も聞きたいしな」

嫌な予感がして、亜鳥は店主に渡されたキャベツとにんじん入りの袋を、ぎゅっと握る。

「あの。俺、早く帰らないと、聡一郎に怒られるから」

「……ほお。そりゃあまた、随分と懐いたもんだな」

赤尾は苦笑して言い、顎に手を当ててしばらく考え込むそぶりを見せた。

やがてなにか思いついたように顔を上げる。

「なに、話はすぐに済む。その、聡一郎にも関わることなんだがな」

一瞬、なんだろうと興味を引かれた亜鳥だったが、聞かないほうがいいと感じて後ずさった。

「聞きたくない。俺は帰る」

「瓜生聡一郎はお前より強いか？」

逃がすまいとするかのように、早口で赤尾は囁く。

「え……？」

「お前みたいに専門の訓練を積んだ人間は、極道の世界には他にもいる。そいつらがあいつを狙ったら、どうなると思う」

「そんなことになったら、俺が全部やっつけてやる」

キッ、と睨《にら》む亜鳥に、赤尾はやれやれと肩をすくめる。

「一対一ならなんとかなるだろうが、そうとは限らないぞ。お前がひとりを相手にしている間に、別の人間があいつを襲うかもしれない」

自分と同様の人間が、複数で聡一郎を標的にするさまを想像して、亜鳥は顔色を変えた。

「なんで？　どうして聡一郎が狙われたりするの？」

慌てるな、と赤尾は、指まで刺青の入った手を、亜鳥の前にかざした。

「まあ落ち着け。それはもしも、お前が俺の提案を断ったら、の話だ」

「提案？」

「ああ。ここからが本題だ。お前が今からおとなしく俺についてくれれば、そんなことにはならない」

「俺が……ついていく……」

ゴオッと音を立ててトラックが横を通ったが、亜鳥は瞬きもせず赤尾を見つめていた。

「そうだ。なに、また新しい飼い主の下に移動するってだけだ。おとなしく従えば、悪いことはなにもない」

言いながら赤尾は、店の奥からじっとこちらを胡散臭げな目で見ている店主の視線に気づいたのか、青果店の隣にある、歯科医前の駐車場に移動した。

亜鳥は焦燥《しょうそう》感に苛まれながら、そのあとに続く。

「そ、聡一郎のところから、他の場所に行けっていうこと?」

赤尾は腰に手を当て、あっさりとうなずいた。

「ああ。お前に仕事をして欲しいって方々がいらっしゃってな。聡一郎もどうせ持て余してるんだろ。無駄にお使いなんかしてるより、お前の力を必要としてくれてるとこに行ったほうがみんなのためってもんだ」

事態を悟った亜鳥の顔から、さあっと血の気が引いていく。

「じゃあ、もう聡一郎とは、一緒に暮らせないの?」

「まあな。別にお前にしたって、飼い主が誰だろうとこだわる理由はねぇだろ。聡一郎に懐いたくらいなら、すぐまた簡単にたらしこめるさ。いい働きをしてみせりゃ、瑞仙会よりはましな扱いをしてくれるはずだ」

──聡一郎と離れるなんて、絶対に嫌だ。ずっと傍にいるって、今まで思ってたのに、そんな簡単に移れなんて言われても無理だ。

亜鳥は顔をこわばらせ、野菜の入った袋を握り締めながら、しばらく路肩に突っ立っていた。

それに業を煮やしたように、赤尾はぐいと袋を持っていないほうの腕を取る。

「あっちに車を待たせてる。行くぞ」

待って！　と亜鳥は悲鳴のような声を出してしまった。

「お、俺、行きたくない。聡一郎と暮らしたい。や、約束もしたし、こんな急に、困る」

食い下がる亜鳥に、やれやれと赤尾は溜め息をつく。

「あのなあ。少しはてめぇの都合以外も考えろ。聡一郎だって迷惑に決まってんだろうが。お前がいたんじゃ引っかけた相手を家に連れ込むこともできねぇだろ」

「引っかけた相手って……？」

「そんなことも言わなきゃわからないガキの世話は、さぞかし大変だったろうなあ。二百万じゃ割に合わないと、俺が恨まれちまってるかな」

やれやれと首を振る赤尾に、亜鳥はなぜか猛烈に腹が立ってくる。

「大変なんかじゃない！　聡一郎は、俺がちゃんと、一人前になったら、結婚してくれるって言ってた！」

両手を握り締めて亜鳥が言うと、赤尾は呆気にとられた顔になる。次いでそれは、爆笑に変わった。

「お前の頭はいったい、どうなってやがるんだ？　ちょっと足りねぇとは思ってたが、結婚……ははは、聡一郎もとんだ災難だったな」

ゲラゲラ笑う赤尾を前に、亜鳥は頭の中を怒りと疑問でいっぱいにしていた。

「な、なんで笑うの」

「なんでって……あのなあ。結婚てのは、男と女でするもんだ。まあそりゃ、同性婚を認める地域もあるんだろうが、聡一郎はそんなガチのタイプじゃねぇ。女も好きだし、結婚まで考えるくらいの相手とは、ガキだってこさえたいだろうさ」

「だったら、俺もこさえる」

悔し涙を浮かべて言うと、再び赤尾は爆笑した。

「男にガキは作れねぇよ！　ああ面白ぇ。しかし聡一郎はさぞかしお前が鬱陶しかっただろうなあ。預けておいてなんだが、悪いことをしちまった」

――そうなんだ……。

亜鳥は呆然と、足元の砂利を見つめる。

だが言われてみれば、わからないでもなかった。亜鳥は性別より気持ちと立場を重ねて見ていたが、絵本の王子様とお姫様は確かに男性と女性だ。

無知な亜鳥を傷つけないようにと、聡一郎は黙っていてくれたのだろう。

それとも呆れ果てていたか、亜鳥が一人前になる日など来ないと知っていたからこそ、結婚すると言ってくれたのかもしれない。

足元の灰色の砂利にポトリと、ひとつだけ小さな濃い水玉ができる。

——でも聡一郎は、俺に優しくしてくれた。……そうか。きっと優しすぎて、本当のことが言えなかったんだ。だとしたら、俺はやっぱり、聡一郎を守らなくちゃ。

そう決めた亜鳥の目には、もはや涙はなかった。

——聡一郎に危険なことがないようにって考えたら、ついていくべきなんだろう。だけど、このまま突然俺がいなくなったら、聡一郎は勝手なことをしたって怒る。今夜だって、一緒に夕飯を作る約束をしたんだ。……聡一郎は優しいからお腹が空いても、俺が帰るのを待っているかもしれないじゃないか。

「それじゃあ聡一郎に、伝えたい。俺は行くところがあるから、待ったり探したりしないで、って」

亜鳥が言うと、それもそうだと赤尾はうなずいた。

「あれは気難しい男だからなあ。俺としちゃできれば会いたくねぇし、急ぐからこんな形になっちまったが、無駄に敵対したくはない。聡一郎のほうは、そこまでお前に思い入れなんかねぇだろうし……そこの店は、聡一郎も利用して知ってんだろ？」

「え。うん。一緒に来たことがある」

「よし、じゃあこれに一筆書いて、あそこのばあさんに言伝《ことづて》を頼んどけ」

赤尾は手帳を出して一枚破ると、ペンと一緒に差し出してきた。

亜鳥は駐めてあった車のボンネットに紙を置き、覚えたばかりの文字で、聡一郎に手紙を書く。

これきり聡一郎に会えないのかと思うと、書いているうちに手が震え、涙で文字がぼやけてくる。

――だけど。俺は前とは違う。

亜鳥は唇をきつく噛んだ。

――今の俺は、少しは世の中を知ってる。そのうちに逃げ出して、人に道を聞きながら、こっそり聡一郎に会いに帰ることもできるはずだ。何日かかるかわからないけれど、聡一郎から渡されたお財布には、確かあと一万三千二百円あるから、これで飲み物や食べ物を買って、道で寝れば何日かかってもきっと帰れる。

そうして亜鳥は赤尾が指示する通りのことを手紙に書き終えると、青果店の店主に紙を渡し、キャベツとにんじんを返した。

店主は何度も、なにがあったのかと聞いてきたが、亜鳥はなんでもないと笑ってみせたのだった。

◇◇◇

「なんだかいかにも悪いことしてる、ってご面相《めんそう》の男だったのよ。あたしもずっと心に引っかかって心配してたんだけど、やっぱり警察に電話したほうがよかったかねえ」

「もう少し、その男のことを詳しく聞かせてもらえませんか」

聡一郎が青果店を訪れたのは、翌日の朝のことだった。

昨晩、帰宅してガランとした室内を見て、即座に聡一郎は異変を悟った。

夜だというのに開いたままのカーテン。キッチンに広げられたノートのレシピと、冷め切ったお茶の入ったマグカップを見て、かなり長いこと亜鳥が留守にしているのがわかったからだ。

自分の顔が蒼《あお》ざめていくのが、聡一郎にはわかった。

少し前まで、ひとりであることの自由と孤独を満喫していたはずの部屋は、くまなく亜鳥に侵食されてしまっている。

ゴミ溜めのようだった室内は、亜鳥に癒されて聡一郎の病んだ心が回復していくのを象徴するかのように、温かな生活空間に変化していた。

「亜鳥……」

いないとわかっていても、声に出して呼んでみる。

いつものように走ってきて自分に飛びつく姿はむろんなく、嬉しそうに輝く零れるような大きな瞳もないのだ、と思った瞬間、聡一郎はその喪失感の巨大さに、呆然としてしまっていた。

——俺は……いつの間に、ここまで……。

今となっては亜鳥のいない生活など想像もつかない自分に、初めて聡一郎は気が付いた。

聡一郎が亜鳥に抱いている感情は、恋というにはあまりに重い、相手の存在がなければ自分の存在も危うく感じるという、執着にも似たものだった。

それだけではない。厭世《えんせい》的になり、酒に溺《おぼ》れてのたれ死ぬまで生きているだけだと思っていた自分に、再び温かい食卓と人間らしい血の通った触れ合いを、亜鳥はもたらしてくれていた。

聡一郎にとって亜鳥は、凍りついた小川の水面を溶かす春の日差しのように、かけがえのない存在になっていたのだ。

——今の俺は、あいつに生かされてる。

ようやく自分の亜鳥に対する激しい気持ちを自覚しつつ、聡一郎は手掛かりを求め周囲を見回す。

落ち着くべきだとはわかっているが、テーブルの落書きもすべて揃いのふたり分になった食器も、コップに立てられている二本の歯ブラシも、なにを見ても焦《あせ》りと不安で、心臓が締めつけられるように痛んだ。

――事故にでも巻き込まれたのか。それよりもまた、俺の仕事絡みの……犯罪に巻き込まれたんだとしたら。

いや、と聡一郎は必死に最悪の結末を頭から追い払う。

――あいつは自分の身は自分で守れるはずだ。身体に危険が及ぶとしたら、むしろ相手のほうだろう。しかし……。

からからになっている喉で、聡一郎は喘ぐように息をつく。

――相手が堅気《かたぎ》じゃないなら、身動き取れない状況にされているかもしれねえ。

開かれたままのレシピから、野菜を買うために外出したようにも思われたが、店は閉まっている時刻だ。

そのため夜が明けるまでは、道に迷っているという可能性や、警察に保護されていることを考えてあちこち探し回り、今朝開店時間と同時に、シャッターを開こうとした店主に亜鳥の写真を見せて尋ねた。

そして店主からさほど詳しく聞くまでもなく、すぐに聡一郎は男の正体に思い当たる。

首から手の指に至るまで刺青を入れている男など、その筋のものにもそうはいない。

「そうそう、肝心なことを忘れるとこだった！」

白髪の店主は皺だらけの手を打ち鳴らし、レジ台の下の引き出しから、慌てて紙切れを出す。

「男の子にね、このメモをあんたに渡すように頼まれたのよ」

聡一郎は咄嗟に、ひったくるようにしてメモの切れ端を手に取った。

――『そういさろう　へ。すきにしたくなったので、もうかえりません。しんぱいは、いりません。ちようなら。あとり』……なんだこれは。俺への別れの手紙だとでもいうのか。

『ち』と『さ』を間違えている、左手で書いたような文字をかろうじて読み解くと、聡一郎の頭の中は憤《いきどお》りとも絶望ともつかないもので、真っ白になる。

聡一郎は店主への礼もそこそこに、青果店をあとにした。足は無意識に、繁華街へと急ぐ。もし赤尾と一緒だとしたら車だろうし、こんな近くをまだうろついているとは思えない。冷静に考えればわかるのだが、聡一郎は亜鳥と立ち寄った喫茶店やスーパーマーケットを、もしかしたらそこで初めて手にするものを夢中でじっと眺めているのではないかという淡い期待を抱きながら、一軒ずつ見て回る。

――いない……よな。いるわけがない。しかし、近くにいないとしたら、いったいどこに消えたというんだ。

亜鳥はこの街以外の地域については、まったく土地勘もなにもないはずだ。

かつての瑞仙会の家からは、仕事や訓練のときだけ車で送り迎えをされていたらしく、電車やバスの利用方法すら知らなかった。

そこで聡一郎はまったく自分らしくなく、動揺のあまり基本的なことを失念していたと気が付いた。

――待て。俺らしくもねえ、落ち着け。あいつの意思で動いているわけがないんだ。だとしたら、赤尾の行きそうなところを捜すべきだろう。

赤尾の自宅はわからない。前科もあり、根城《ねじろ》を転々としていた男だ。

女のところに転がり込んでいたり、自分を雇っている誰かの下に身を寄せている可能性もある。

――足で捜すのは無理だ。

聡一郎が向かったのは、亜鳥と出会った地獄谷だった。

――……いた！　見つけたぞ、この野郎。

夜になってから聡一郎がたどり着いたのは、渋谷《しぶや》の風俗ビルだ。

地獄谷で馴染みの情報屋に手配させ、同業の赤尾の噂をあちこちから調べたところ、昨晩はやたらと派手に遊んだらしく、おかげで居所の見当がついたのだ。

しばらく毎晩通えると高級ナイトクラブのホステスに吹聴《ふいちょう》していたという話から、また今夜も来ると踏み、聡一郎は日暮れ前からこの一帯を張っていた。

けれどすぐには声をかけない。ナイトクラブからしたたかに酔って出てくるのを、ビルの出入り口近くに身を潜め、じっと待ち受けていた。

「あれっ。……瓜生さんじゃないすか。ど、どうしてこんなとこに」

深夜近くになってナイトクラブから出てきた赤尾は、見送りに出てきたホステスたちに愛想を振りまいていたが、聡一郎の姿が視界に入った途端、酔った赤い顔を引きつらせた。

明らかに動揺していたが、聡一郎は素知らぬ顔で言う。

「よう、偶然だな。ご機嫌じゃないか」

「偶然？　あ、ああ、なんだ、もしかして仕事でこっちへ？」

「まあそんなとこだ。そうだ、赤尾」

聡一郎は、胸の内でははらわたが煮えくり返る思いをしていたが、表面的には気さくなふうを装って、酒臭い赤尾の肩に手を回す。

「お前から預かった死神のガキだがな。どこかへ逃げちまったらしいんだ。金を貰っておいてなんだが、俺もずっと見張ってるわけにもいかなかった。悪いが責任は取れねえよ」

聡一郎の言葉にみるみる赤尾の警戒心が緩むのが、手に取るようにわかった。

「あっ、そうなんすか！　ああ、ええ、いいっすよ。……いや、むしろよかった。瓜生さんがそう言ってくれるなら、俺も気が楽ってもんですよ」

ビンゴだった。赤尾は間違いなく、亜鳥の行方を知っている。

聡一郎は逸《はや》る心を抑え、必死に表情を変えるまいと努めた。

「うん？　どういうことだ。……そういえば随分と高い店から出てきたようだが、いい儲けにでもなったのか？　だったらそこで一杯奢《おご》れ。俺も厄介者がいなくなってせいせいしたからな。祝杯といこう」

聡一郎は言って、手近にあったバーを指さした。

赤尾はかなり酔っているらしく、じゃあ行きましょうと簡単に承知して、千鳥足で洒落たバーの鉄製の扉を開く。

店内はウナギの寝床のように細く狭く、カウンターしかない。

他に客はおらず、痩せて顔色の悪いバーテンダーが、静かにグラスを磨いている。

「ハーパー、ロックふたつ」

赤尾が注文して、ふたり並んでスツールに腰を下ろした。

聡一郎はそっと深呼吸をしてから、さりげなく切り出す。

「しかしまいったぞ、お前が押しつけてくれたあの死神には心底手こずらされた。部屋は散らかす、ものは知らない、遊ぶどころか話相手にもなりゃしねぇ」

「はは。いや、正直悪かったと思ってます」

すい、と音もなく置かれたグラスを手にして、カチリと軽く乾杯をした。

「で、今なら話せるだろ。あのガキ、組長の愛人なんかじゃねえな。いったいなんだったんだ、正体は」

「あー。亜鳥から全然聞いてなかったんすか、瓜生さん」

「ああ。言っただろう、ろくに会話にならなかったと」

くく、と赤尾は、喉の奥で笑う。そして横目で聡一郎を見て、重大な秘密を打ち明けるといったように、もったいつけて話し始めた。

「実は、ですね。……びっくりしないでくださいよ。あいつはね。本物の死神なんすよ」

「ほう？　どういうことだ」

聡一郎は内心の不快感を押し隠し、先をうながす。

「いえね。あれは組長とは血が繋がってねえ。女房と、ホストとの間にできた不義の子なんスよ。で、組長は当然ながら激怒しましてね。ホストは半殺し、けど恋女房は手放したくない。ってんで、ガキを施設からもらい受けさせて、徹底的に教育をすることにしたんです。死神の教育をね」

赤尾はハーパーで喉を潤し、薄笑いを浮かべて続ける。

「つまり、ガキのうちから極道のスパルタ教育をしたんスよ。使い捨ての鉄砲玉じゃない。何度も暗殺要員として使用に耐える、筋金入りの殺し屋として」

「ほう。そりゃあ物騒なガキだな。とてもそうは思えなかったが」

　ほぼ聡一郎が推測した通りだったが、あえて驚いたふりをすると、でしょう？　とまるで自分の手柄のように赤尾は言う。

「なにしろ物心ついた頃からの純粋培養ですからね。ことの善悪や、社会通念てもんがない。殺しはそういうガキほど仕込みやすいんです」

「……そんなガキの頃からか」

「ええ。悪趣味というか、残酷な話ですけどね。組長としちゃあ、女房を寝取った憎い男のガキだ。殺さないだけありがたく思えってもんでしょ」

「しかし極道とはいえ、誰ひとりとしてガキを哀れに思うやつはいなかったのか？　悪いのはケツの軽い女房で、ガキ本人じゃねえだろうに」

　怒りが隠し切れなくなってきて顔を歪《ゆが》めた聡一郎だが、赤尾は薄笑いを消さない。

「哀れかどうかはともかく、顔が可愛いんで、下心を持ってた組員はいたらしいスけど。迂《う》闊《かつ》に手を出したのがバレたら、組長の逆鱗《げきりん》に触れて港に沈められるってんで、結局は誰も手は出さなかったみたいですね。……けどまあ、組があああいう事態になっちまって」

　赤尾はバーテンダーにミックスナッツを注文し、グラスを呷《あお》る。

「ほっぽり出されてもひとりじゃ生きていけねえ。といって自分が面倒を見たら、いかに組長が塀の中とはいえ、息のかかった子分がなにをするかわからねぇってんで、あいつの母親が俺に金を渡したんですよ。で、仕事の評判がいいあんたに預けてくれと頼まれまして。まあ少しは、母親の情ってのがあったんでしょうね」

なるほど、と聡一郎は渋い顔でうなずきながら、赤尾に奢りだと二杯目のハーパーをすすめる。

「それで……あいつが俺の下から消えたのは、また母親にでも頼まれたってのか？」

「それなんですけどねえ」

赤尾はばつが悪そうにハーパーをすすり、堪え切れないように声を殺して笑った。

「正直、どこまでガキと親しくなってるか、聡一郎さんの情が移ってるのかわからなかったんで、いないときにガラをさらっちまったんスけど。……実はあいつに高値がつきましてね」

「――高値だと？」

思わず殺気のこもった目で睨んでしまったが、赤尾は幸い正面を向いたまま、へらへらしていた。

聡一郎はどうにか気持ちを落ち着かせ、なんでもない顔を装って尋ねる。

「俺のところから転売すれば、たっぷり仲介マージンを払ってくれる客が現れたってことか。このご時世に、随分と羽振りがいい相手がいたもんだな」

それはまあ、と赤尾は手柄を自慢するかのように、嬉しさを抑え切れない顔になる。

「なんだ、もったいつけないで教えてくれ。どうせ殺し屋が必要なんてのはあっちの筋だろ。

仕事で取引するかもしれねえし、懐《ふところ》具合を知っておきたい」

「……まあ、じゃあ、信用して教えますけど。熊城組《くましろぐみ》ってとこですよ」

「熊城……代々木《よよぎ》にでかい事務所を構えてる組だったな」

「そう、そこです。ばらばらになっちまった瑞仙会の末端組員から、死神の噂を聞いたそうで。使い道がないなら、ぜひ欲しいと俺んとこに話が回ってきまして。あそこは北関東丘野組と抗争おっぱじめたとこですからね。優秀な殺し屋なら、そりゃ欲しいでしょ」

聡一郎は因縁めいたものを感じつつ、グラスに口をつけた。

丘野組といえば、先日聡一郎が会長のボディガードを請け負った相手だったからだ。

ということは、先日商店街で聡一郎を襲ってきたチンピラたちは、丘野組と敵対している熊城組の構成員の可能性が高い。

けれどそんな内心はおくびにも出さず、聡一郎は素知らぬ顔で言う。

「そういうことか。で、あの死神はいくらで売れたんだ？」

「そこまではさすがに勘弁してくださいよ。しかしまあ、聡一郎さんにも報酬が入って、俺も転売して利益が倍、瑞仙会は厄介払いができて熊城組はいい買い物ができて、みんなが美味しい思いをできたわけですよ」

そうだな、と聡一郎は言って、全精力を注いで穏やかな笑みを浮かべて見せる。

「だがそれは、死神のガキを除いてだろ？」

聡一郎の言葉に、赤尾はおどけたように口をへの字にした。

「まあ、あいつひとりが泥をかぶるのは確かですけどね。瑞仙会だったら憎いとはいえ女房の実子だし、殺し屋として使い続けるつもりだったでしょうけど。熊城組は短絡的だし、何人か殺させて足が付く前に始末されることもあるかもしれないっスね」

「そういうことだな。面白い話が聞けて楽しかったぜ」

言って聡一郎は、テキーラを注文した。

「これも奢りだ、飲んでくれ。……じゃあ死神は今、代々木にいるってことか」

美味そうにテキーラを呷り、ライムを齧《かじ》ってから赤尾はうなずく。

「ふう、美味い。……多分、そっスね。近いうちに抗争相手がカチコミかけてくるってタレこみがあったってんで、えらい慌ててましたから。明日にでも使うんじゃないですか」

「……死神に殺しをさせるってのか」

バーテンダーに聞こえないよう、聡一郎は小声で言う。

「まあ実際に使えるかどうか、試してからでしょうが。……驚くでしょうね、あいつらも。コルトパイソンだろうがトカレフだろうが、あそこまでどんなチャカでもナイフでも使いこなすのは、日本人にはそういない」

「ほう。そりゃすげえが、試すってのはどうするつもりなんだ」

「あそこは事務所の地下に、でかい射撃場があるそうで。慎重だった瑞仙会と比べて、熊城組は新興の武闘派ですからね」

「なるほどな。……そろそろ出るか」

聡一郎は手にしていたグラスを、ダン、と音を立ててカウンターに置く。

そうして店を出ると、泥酔してふらふらになっている赤尾の耳をいやというほど引っ張り、裏通りの路地へと連れていった。

「いててっ、いてえって、なんなんスか。どこ行くんスかぁ」

喚く赤尾の耳から手を離し、聡一郎は素面そのものの、冷静な目で赤尾を見据える。

そして酔って真っ赤になっている顔の中心めがけ、容赦なく拳を叩き込んだのだった。

◇◇◇

――聡一郎は、もう俺の手紙を読んだかな。心配しないで、ちゃんと朝ご飯を食べているといいけど。

亜鳥が翌朝目覚めたのは、雑居ビルの一室だった。

がらんとした室内には外から鍵がかかっていて、亜鳥の使った布団とパイプ椅子、それにやはり折り畳みできる机くらいしか置いていない。

窓はなく、天井近くで換気扇が回っている音だけが響いている。

部屋の隅には小さな流しとトイレがあり、そんなところも瑞仙会での暮らしを彷彿《ほうふつ》とさせた。

机の上には昨晩、部屋に入ったときから、いくつかの丸いパンとレーション、それにミネラルウォーターのボトルが置いてあり、これが朝食と昼食なのだと思われた。

また以前と似た、色のない暮らしが始まるのかと、亜鳥は絶望的な心持ちになる。

午後になると、かつての世話人たちと似た雰囲気の男が来て、部屋を出ろと言ってきた。

しかし外へ向かったわけではなく、廊下の突き当りにあるエレベーターに乗せられた亜鳥が運ばれた先は、地下だった。

エレベーターホールの前に両開きの大きなドアがあり、亜鳥を先導してきた男が開く。

「連れてきました！」

ドアの先には、とても広い空間が広がっていた。

壁も天井もコンクリートがむき出しで、地面にはあちこち白線が引かれていた形跡がある。

もともとは、地下駐車場だったのかもしれない。

正面の壁には、一定の間隔をあけて丸い的が吊るされていた。

「おお、来たか。若頭、こいつですよ。瑞仙会秘蔵の殺し屋ってのは」

軽く背を押され、亜鳥はいかつい強面《こわもて》の男たちの前に、所在なく立ち尽くす。

「なんだと、こいつが？」

「随分と細っこいじゃねぇか」

男たちは、胡乱《うろん》な目つきで、じろじろと亜鳥を検分した。

若頭と呼ばれたパンチパーマの男は、鼻に皺を寄せて獰猛《どうもう》に言う。

「これが例の死神だってのか。死神ってよりアイドルみてぇなツラしてやがるが、大丈夫なんだろうな」

「ええ。瑞仙会傘下の族のガキどもが、調子に乗って上を軽んじたってんで、リーダーに軽く灸《きゅう》をすえるのにもこいつを使ったらしいんですよ」

その言葉に、男たちは顔を見合わせる。

「本当か？　あそこのガキどもをまとめてたのは、ボクサー崩れの札つきの狂犬だったらしいじゃねぇか」

「はい。そいつを一分とかからず始末したってのを、うちの若い衆も野次馬に混じって見物してたそうなんで間違いないです」

ほーん、とうなずきながら、パンチパーマの男はヤニ臭い指で、亜鳥の顎を持ち上げた。

「おい、お前。今日の夕方、三人ばかし始末して欲しいクソがいる。やれるな？」

「え……」

亜鳥は息を呑み、目の前の大柄な、岩のような男の顔を見た。

やれなくはない。少なくとも聡一郎に出会う以前の亜鳥だったら、なんの疑問も持たずに実行しただろう。

だが今は、やれるが、やりたくない。

――聡一郎と、約束したんだ。聡一郎以外の人間は、絶対に殺さないって。

けれどそんなことを言ってみても、聞き入れてもらえるとは思えなかった。

胸のうちに大きな葛藤を抱え、なにも言えずにいる亜鳥に焦《じ》れたように、パンチパーマの男はぐいと胸に拳銃を押しつけてきた。

「なんだてめぇ、だんまりを決め込むつもりか？　なめたことしてやがると、ただじゃおかねぇぞ」

「だって……俺……」

なおもぐいぐいと痛いほど押しつけられる鉄の塊《かたまり》は、ベレッタM92だ。仕方なく亜鳥は、それを手に取った。

「もういい。四の五の言わずに的を撃ってみろ。ともかくも腕前を見せてくれ。使えねぇようなら、こいつを売りつけてきた赤尾にも落とし前をつけさせなきゃならねぇ」

パンチパーマの男が言い終えると同時に、男たちはいっせいに銃声から耳を守るヘッドホンタイプのイヤーマフを耳にし、誰かが亜鳥の頭にもそれをかぶせる。

――大丈夫。落ち着こう……。とりあえず、今は的を撃てばいいだけだ。あとで、人を狙うことになったら、そのときはわざとはずせばいい。

必死にそう考える心を読んだかのように、パンチパーマの男は亜鳥のイヤーマフをぐっと持ち上げて、口を開いた。

「言っておくが、わざと狙いをはずすなんて真似しやがったら、てめぇの母親の命はねぇと思えよ。こっちは居場所を突き止めてる」

亜鳥はぎくりとして、身体をこわばらせる。

――……母親……おかあ、さん。小さい頃、大好きだった。少ししか覚えていないけど。でも。

悲しい寂しいという気持ちを通り越し、なぜ迎えに来てくれないのだろうと、恨んでいた時期もあった。

辛すぎて思い出したくない、忘れたい存在でもあった。

けれどもし本当に、母親が自分のせいで殺されてしまうなどということになったら、苦しくて悲しくて、亜鳥はどうにかなってしまうと思う。

――そう。そういうことなんだ。人を殺すっていうことは。

善悪の観念をまったく教育されておらず、自分を世話するものたちに指示されるまま、人を殺せば褒められるのだと亜鳥はずっと思っていた。

そう思うよう強いられていたし、思い込むよう自己暗示もかけていた。

だが聡一郎との日々で、自分が的にする見知らぬ人々にもそれぞれの暮らしと人生があり、優しい人も親切な人もいるのだと知ってしまった。

——試飲に小さいお菓子をつけてくれたお茶屋さんのおばさんとか、青果店さんのおばあちゃんみたいな人。俺が殺すのがああいう優しい人じゃないって、どうして言い切れるだろう。

そう考えると亜鳥は、拳銃を握り締めたまま、動けなくなってしまった。

——それに、そうだ。俺が聡一郎じゃない誰かを殺したら、怒られるだけじゃ済まないかもしれない。……聡一郎に、嫌われる。約束を破った、信用できないやつだって思われてしまう。

さーっと頭から足元に向かって、自身の血の気が引いていく音を亜鳥は聞いた。

——聡一郎を……裏切ったら、俺は……聡一郎に嫌われている世界で生きていたくない。

だけど、おかあさんが殺されたら、可哀想。

亜鳥は拳銃を持つ自分の手がひどく冷たくなり、わなわなと震え始めたのを、呆然と見つめた。

長いこと刃物や銃火器を操ってきて、こんなふうになったことは初めてだった。

早くしろ、というように、男たちのひとりが亜鳥の肩をドンと押した。

亜鳥はよろけ、男と銃、そして的のそれぞれを順番に見る。

そして亜鳥はゆっくりと、銃を構えた。イヤーマフで聞こえなくとも、ざわっと周囲の男たちが色めき立つのがわかる。

なぜならその銃口は、パンチパーマの男に向けられていたからだ。

男は顔色を変え、大きな口を開いて、なにか喚いているらしいが聞こえない。

他の男たちも口々に叫んでいるようだが、なぜか視線は別のところに向けられている。

しかし亜鳥は、標的から目をそらすことはしない。

――とにかくここにいる全員をやっつければ、おかあさんは殺されない。それから、それが聡一郎に知られて嫌われる前に……俺のことを、俺が殺してしまえばいい。

ためらいなく安全装置を下ろし、トリガーを引こうとした瞬間。

「っ？」

亜鳥の横すれすれに、大きな獣のような姿が飛び出した。

と思った刹那《せつな》、パンチパーマの男の顔面が歪み、背後に吹っ飛ぶ。

呆然とする亜鳥の前に、盾のように立ちはだかった背中があった。

広い肩幅。艶のある黒い髪。高い位置にあるウエストから伸びた足。

まさかという思いが確信に変わり、亜鳥は頭からむしり取るようにして、イヤーマフをはずす。

亜鳥を守る鉄の壁のように立ち塞がっていたのは、紛れもなく聡一郎の懐かしい背中だった。

「なんだ、どっから来やがった！」

「誰だ、てめぇ！　井村会《いむらかい》のやつか？　それとも丘野組の鉄砲玉か？」

「この俺に、手を上げるたぁ……いい度胸じゃねぇか」

大の字に倒れていたパンチパーマの男はゆっくりと上体を起こし、曲がって血の拭き出ている鼻を押さえ、ぶっと口から赤黒い塊を吐き出しながら言った。

ころりとコンクリートに転がったそれは、折れた前歯だ。

「ここで死ぬ覚悟はあるんだろうな、ああ？」

殺気を感じた亜鳥は、聡一郎の背後から再び銃を構え直す。

けれど聡一郎は制するように、こちらを見ないままで言った。

「いいか亜鳥、絶対に撃つな」

「でも……！」

亜鳥がうろたえつつ立ちすくんでいると、ぬおっ、と雄叫びを上げてパンチパーマの男が聡一郎に飛びかかってきた。

体重を乗せて殴りかかってきた拳を避けると、聡一郎は勢いで突進してきた男の腹部に、思い切り蹴りをくらわせる。

ぐう、と呻いて男が床に膝をつくと、周辺の男たちがいっせいに気色《けしき》ばんだ。

やっちまえ、と襲いかかってくるかとみえたそのとき、ドカドカと大きな足音が、開け放たれていたドアの外から聞こえてくる。

「全員、動くな！　手を頭の上に挙げろ！」

サツだ、どうして、と怒号が飛び交う中、亜鳥は呆然として押し入ってきた物々しい集団を見つめていた。

「凶器準備集合罪、及び銃刀法違反で逮捕状が出ている！　そこ、動くな！」

よく通る声がコンクリートの室内に響き渡り、パンチパーマの男は観念したように、がっくりと両手を床についている。

「聡一郎……！」

なにが起こったのかわからない不安と再会できた喜びで、亜鳥は聡一郎に飛びつくようにして抱きついた。

「無事でよかった、亜鳥。乱暴なことはされてないか？　痛むところは」

「大丈夫。どこも平気」

そう言うと聡一郎もホッとしたように、きつく抱き締め返してくれる。

この腕の中にいられるなら、あとはなにがどうなってもいいと亜鳥は思った。

と、突入してきた集団の中から、ひとりの男が聡一郎に近寄ってくる。

聡一郎とどこか似た雰囲気があって目つきが鋭いが、顔だちそのものは柔和《にゅうわ》だ。

先ほどからよく響く声で指示を出していたのは、この男だった。

警戒してさっと身体を固くした亜鳥だったが、男は安心させようとするかのように笑いかけてくる。

「瓜生、遅くなって悪かったな。……この青年が、例の？」

「ああ。手間をかけたな、松波」

どうやらふたりは知り合いらしい。びっくりして、松波と呼ばれた男と聡一郎を交互に見ている亜鳥の手から、聡一郎はそっとベレッタを取り上げた。

「よかった。使われてない」

安堵した声で聡一郎は言い、松波はうなずいて受け取った。

「事情はよくわかった。一応調書は取るが、彼は巻き込まれた一般人として上手く処理しておく。お前のほうは……」

言って松波は、ちらりとパンチパーマの男の、腫《は》れ上がった顔を見た。

「サービスして、正当防衛ってことにしといてやろう。感謝しろよ」

その言葉に、ちっ、と聡一郎は舌打ちして苦笑する。

「なにを偉そうに言ってやがる。俺の報告で現行犯逮捕の手柄を独り占めできたんだから、一杯奢れ」

「まあな。一応、考えといてやる」

「聡一郎。誰」

不安に耐えかねて亜鳥が尋ねると、松波はもう一度、優しく笑った。

「俺は彼の昔の……仕事仲間だ」

へえ。と亜鳥はびっくりして、聡一郎を見た。

聡一郎はきまり悪そうに額に落ちかかってきていた前髪をかき上げ、余計なことを言うなとつぶやく。

「もし聡一郎の作る飯が不味すぎたり、教えることが下手くそすぎたり、部屋が汚すぎたりしたら、いつでも相談してきなさい。俺のほうで住居を手配してあげよう」

松波は優しく言って、名刺を差し出してきた。

「おい、さりげなく俺の悪口を吹き込むんじゃねえよ」

「さりげなくしたつもりはないんだが」

「なんだと、調子にのるのも……」

揉めているふたりに挟まれてはいたが、これは本心からの喧嘩《けんか》ではないと亜鳥は察していた。

おそらく、信頼関係を築いているからこその軽口なのだろう。

けれど松波が差し出した名刺は、いらないと断って、亜鳥はぐいと押し返したのだった。

「聡一郎……聡一郎」

自宅に一歩入った途端、亜鳥は聡一郎にしがみついていた。

「亜鳥……心配したんだぞ！　なんだって赤尾についていったりしたんだ？」

口調は厳しいが、聡一郎も亜鳥と同じくらいの力で抱き締めてくれていた。

「ごめんなさい。俺……キャベツと、にんじんを買いに行ったんだ。そうしたら、ついてかないと、聡一郎を傷つけるって言われて……」

そういうことか、と聡一郎は悔しそうに言った。

「赤尾の野郎、どこまで卑劣《ひれつ》なんだ。松波の力を借りるまでもなく、ツケは俺がきっちり払わせてやる」

攻撃的な声音に、いやいやと亜鳥は額を聡一郎の胸に押しつけるようにして、首を振った。

「そんなの、もうしないで。俺は全然、嬉しくない」

「心配するな、お前が心配するようなことはなにもない。ただ、あいつに報復はきっちり……」

「聡一郎が危ないことするの、嫌なんだよ！　そんな怖い思いばかりするなら……聡一郎を傷つける人間がいるなら、俺が全部殺してやる！」

亜鳥の激しい言葉に、聡一郎は驚いたようだった。

キッ、と涙目で見上げると、聡一郎の目から鋭さが消えていく。

「……わかった。悪かった。お前に心配かけるような真似はしない」

「俺は、聡一郎がお嫁に来てくれなくてもいい。結婚できなくても、我慢する。だから、俺から離れていかないで、傍にいて！」

亜鳥は言って、思い切り背伸びをして、聡一郎の唇に唇を触れさせた。

それに応じるようにして、聡一郎は身をかがめ、背中にしっかりと腕を回して、深く唇を重ねてくる。

「ん、ん……ふ」

いつもそうなのだが、聡一郎にきつく舌を吸われると、頭の奥がじんとしてくらくらした。

「うん、んぅ……ん」

夢中で互いの口腔を貪るうちに、亜鳥の膝はガクガクしてくる。

「はあっ、あ……そ、いちろ……っ」

聡一郎の唇が唇から耳に這《は》い、そうしながら亜鳥の服が脱がされていく。

亜鳥も、少しでも恋しい体温との距離を縮めたくて、聡一郎のシャツを脱がせにかかった。

まだ玄関を上がったばかりの場所で、電気もつけないまま、ふたりは息を弾ませながら早急に互いを求める。

「っあ……や……あ」

亜鳥の黒いシャツのボタンはすべてはずされ、立ったまま聡一郎はそこに舌を這わせてくる。そうする間にも、大きな手のひらが亜鳥の肌を味わうように滑らされ、少しでも感じる部分は執拗《しつよう》に指先が愛撫してくる。

「はっ、あっ……あん、っ」

ひくっ、ひくっ、とわずかな指先の動きにも感じてしまい、亜鳥は必死に聡一郎の腕にしがみつくようにして立っていた。

「駄目、も、立ってられな……っ、あ」

「亜鳥……お前が嫌だと言っても、俺はお前から離れたりしない」

言って聡一郎は、すでに固くしこってしまっている胸の突起を、唇に含む。

「んぅ……っ！　あ、はあ、んっ」

甘い痺れが走り、亜鳥の鼻から抜けるような声が漏れる。

「やっ、いや、あ」

じわじわと身体を苛む快感に、亜鳥は無意識に拒絶の言葉を口にするが、身体のほうはそうではなかった。

自身は窮屈なブラックジーンズの中ですっかり硬度を持ち、熱くなってしまっている。

「んんっ、や……あ、ああ」

つうっ、と背骨を伝うように聡一郎の指先が動いた。それだけでぞくぞくと亜鳥は感じてしまい、じんと足の間が疼く。

「ああっ、は、あっ」

皮膚を爪の先でなぞられ、胸の突起は舌先で転がされ、それだけで亜鳥は達しそうになってしまう。

「だ、めぇ……っ、も、もう、俺」

「もう、どうして欲しい」

優しく低い声で、聡一郎が聞いてくる。

「っああ！」

足の間に聡一郎が足を入れてきて、ぐいと強く刺激され、亜鳥は身体をしならせた。

「そ、聡一郎……っ、欲し、い。早く……入れて、入れてぇ」

涙を浮かべ、甘えた声で訴える。と、すぐにベルトがはずされた。

下着ごと衣類を下ろされ、背後から聡一郎の左手が抱き締めるように回されて、亜鳥は壁に手をついて立たされる。

「んっ、ああ！」

聡一郎の右手が、亜鳥のものに直に触れてきて、亜鳥は甘い悲鳴を上げた。

「はあっ、あ……ああ」

「我慢しなくていいぞ、亜鳥」

後ろからぴったりと密着した聡一郎に、耳元でそう囁かれて、亜鳥の頭は真っ白になった。

「っあぁ！」

あっという間に亜鳥は、聡一郎の手の中に熱を放ってしまった。

「は……あ、あ……っ」

ぐったりとして、壁で上体を支えているようにして荒い息をついていた亜鳥だったが、後ろに聡一郎の指を感じてビクッとする。

「ひ……っ、んっ、あっ」

亜鳥のものでぬるぬるになった長い指が、ぬうっと体内に挿入されていく。

何度抱かれても、この異物感にはなかなか慣れない。

「やっ、いやぁ……っ、ああ」

喘ぐ亜鳥の中を、聡一郎の指は敏感なところを探るように動き、そこを見つけるときつく抉った。

「んうっ！　やあ、あっ！」

それは確かに快感なのだが、強すぎる刺激に腰が思わず逃げようとしてしまう。

しかし壁と聡一郎に挟まれている体勢では、どこにも逃げ場がなかった。

「そ……いち、ろ、ああっ、そんなに……っ、いじらない、でぇっ」

「ちゃんとしないと、辛いだろ？」

「でもっ、おかしく……なっちゃ……う、あ、あっ」

亜鳥が懇願すると、それじゃあもういいか？　という低い美声が吐息とともに耳に忍び込んできて、頭の中がとろけそうだと亜鳥は思った。

いい、とうわ言のように言ってうなずくと指がゆっくり引き抜かれ、その感覚にきつく目を閉じて耐える亜鳥の腰を、聡一郎は抱え直す。

指よりもずっと大きく熱いものが、散々弄られたところに押し当てられた。

「ぅあ！　っあ、あああ！」

立ったまま背後から貫かれて、亜鳥は無意識につま先立ちになる。

「――――っあ、ああっ、あ！」

「亜鳥。お前の中、すげぇ熱い」

狭い内壁を、硬く太いものが押し広げ、突き上げてくる。

「いやっ、あ！　らめ、ああ」

おそらく聡一郎のものが挿入されていなかったら、亜鳥は立っていられなかっただろう。

下半身は快感に耐え切れず、ほとんど力が入れられなかった。

「やぁ、ああっ、も、駄目ぇ」

体内から聡一郎のものが引き抜かれ、すぐにまた深々と貫かれるたびに、下腹部から強烈な甘い痺れが脳天を突き抜けていく。

ひぃ、と泣き声を上げると同時に、亜鳥の頭の中でフラッシュが点滅した。達したばかりでまた達したのかと思ったが、そうではない。

ふいにがっくりと脱力した亜鳥を、聡一郎は背後からしっかりと抱き締める。

「あ……ああ」

「どうした。……ドライでいったのか？」

「そ、聡一郎、本当に、溶けちゃう」

唇の端から零れる唾液を拭うことさえできずに言うと、聡一郎は髪に優しくキスをした。

「溶けちまっても、俺が一生責任持ってやるから、心配するな」

はあはあと喘ぎつつ、亜鳥は必死に首をねじって聡一郎を見た。

「でも、お、俺……女の人じゃ、ない、けど……いいの？」

「ああ。人間じゃなくても、死神でも問題ない」

よかった、とつぶやいた亜鳥の瞳から、嬉しいからなのか快感のあまりなのか、理由のわからない涙が転げ落ちる。

「聡一郎も、気持ち、いい？」

半ば呂律《ろれつ》が回らなくなっている舌で尋ねると、聡一郎は熱に潤んだ目で言った。

「ああ。……お前だけだ。こんなふうに、俺を……熱く満たしてくれるのは」

「ほ、ほんと？　俺、らけ……っあ、ああっ！」

また強く内壁を抉られて、亜鳥は快感に言葉を詰まらせた。

「っあ、あっ！　あっ」

聡一郎は背が高いから、奥まで埋め込まれると身体が浮き上がってしまいそうになる。

「はあっ、ああ、あ」

再び勃ち上がっている亜鳥のものが、突き上げられるたびにゆらゆらと揺れた。

先端からは透明なしずくが溢れ、揺れる反動で壁に恥ずかしい染みを作ってしまっている。

「亜鳥、亜鳥……っ」

呻くように聡一郎は言い、腰の動きが速くなった。

激しい律動と快楽に朦朧としながら、亜鳥はこのまま聡一郎と一緒に、溶けてしまいたいと思っていたのだった。


「俺は、人を殺したことがある」

バスルームで互いを綺麗にし、ベッドでしっかりと抱き合いながら、聡一郎はポツリと言った。

「……どうして？　聡一郎も、人を殺す仕事をしていたの？」

亜鳥は、この話をする聡一郎が、とても切なそうに見えて背中に回した腕の力を強くする。

違う、と聡一郎はゆっくりと首を振った。

「今思うとおこがましいが。俺は……人を犯罪から守る仕事をしていた。刑事だったんだ」

それは亜鳥にも、聞き覚えのある職業だった。

「知ってる。世話人たちは、サツとかデカとか言ってた。でも、サツも人を殺す仕事だとは、知らなかった」

すると聡一郎は苦笑して、遠い目をする。

「昔……ストーカー犯罪を追っていて、被害者の女性と何度か接触していたんだが。しばらくしてその女性は、なぜか俺を恋愛対象として考えるようになっていったらしい」

亜鳥は眉間に皺を寄せた。

「その女の人は、聡一郎を好きになったの？　聡一郎は、好きにならなかったの？」

「俺に相談をしているうちに、プライベートのときでも信じて頼れる相手だと錯覚してしまったんだろうな。俺には、事件の被害者という認識しかなかった」

聡一郎は、重い溜め息をつく。

「そのうち、仕事時間以外でも、彼女は俺に頻繁に連絡をしてくるようになった。困ったという気持ちがあった……そうしてあるとき彼女は、待ち合わせ場所と時間を指定して、個人的に俺と会いたいと言ってきた。俺は断ったが、それでも待っていると言われた。もちろん俺に行く気はなかったし、その日所轄の地域で、強盗事件があった。正直、女どころじゃなかった」

いったん言葉を切った聡一郎を、続けて、というように亜鳥は見つめる。

「……それで俺は……ためらわずに捜査を選んだ。ただ、ストーカー被害にあっていた彼女を、外でひとり長時間待たせておくのは危険と判断して、後輩を待ち合わせ場所に向かわせて……」

聡一郎は瞼を閉じる。そうすると意外に長いまつ毛が、精悍な頬に影を落とした。

「最初に後輩が、嫉妬《しっと》に駆られたストーカーに刺された。背後から不意を衝《つ》かれて、即死だった。次に彼女も、滅多刺しにされた」

声は囁くように小さくなり、亜鳥はなんだか聡一郎が消えてしまいそうだと思って、その肩をいたわるように撫でる。

「俺が病院に駆けつけたとき、彼女はまだ息があって……俺の目をじっと見て、彼女は最後に言った。あんたはあたしの王子様じゃなかった。……死んじまえ、役立たずってな」

「でもそれは、聡一郎が悪いわけじゃ……」

思わず言いかけた亜鳥を、聡一郎は遮る。

「後輩の恋人にも言われた。なんで彼が死んで、あなたが生きているのか。死ぬべきなのはあなただった、と」

「聡一郎……」

そういうことだったのか、と亜鳥はこれまでの聡一郎の言動に納得していた。

会ったときからずっと、聡一郎は自棄《やけ》になっているような雰囲気があったし、強くてふてぶてしいはずなのに、どこか儚《はかな》いような不安な感じがしていたのだ。

「それで俺は、刑事を辞めた。人の生死に関わっている仕事だ。それくらいで我ながら情けないが、俺にはあの女たちの声と目が、忘れられない」

優しい人なのだ、と亜鳥は悲しく思う。

もともと真面目で責任感と正義感が強いからこそ、そうした仕事についたのだろうし、自分の判断がふたりの人間の命を落とすきっかけになってしまったことを、後悔し続けているに違いない。

極道までも対象にしたフリーのボディガードという、命の危険があるようなきわどい仕事をしているのも、死に急いでいるのかもしれなかった。

ストーカー被害にあっていた女性が聡一郎のストーカーのような状態になってしまったのも、女性の恋人と勘違いされた後輩の刑事がストーカーに殺されたのも、聡一郎に落ち度があるとは思えない。

だがおそらく亜鳥がどう慰めても、そう簡単に消えるような罪悪感ではないだろう。

――それでも俺は。聡一郎に生きていて欲しい。青果店のおばあちゃんみたいに長生きをして、それで俺は聡一郎と、よぼよぼになって人間を終わりたい。

たまらなくなって亜鳥は、述懐を終えた聡一郎を改めてきつく抱き締めた。

「大丈夫。大丈夫だよ、聡一郎。俺が必ず、殺すから」

「……ああ。約束だぞ」

「うん。聡一郎が俺に必要なくなったら。絶対に、必ず俺が殺すから、だから」

亜鳥は聡一郎の胸に、額を押しつける。

「誰にも殺されないで。約束して。俺が必要でいる限り、離れていかないで」

切ない思いを込めて言うと、聡一郎は言葉に詰まったように押し黙る。

が、亜鳥が顔を上げてその目を見ると、唇が薄く開いた。

「……じゃあせいぜい、お前にいらないと思われないようにしないとな」

うん、と亜鳥は涙を湛《たた》えた目でほほ笑む。

「美味しいご飯と、綺麗なゼリーを用意してくれたら、いらないなんて思わない。特に、オレンジ色の」

そうか、と聡一郎も小さく笑う。

「だが、それだけでいいのか？　そろそろ、結婚指輪を用意しようと思ってたんだが」

亜鳥は心臓が止まりそうなほど嬉しくて、生まれて初めてというくらいに心の底から笑顔になる。

「もちろん、それも欲しい。だけど他にも、もっと必要」

たとえばこれ、と亜鳥は自分から、聡一郎にキスをした。

キスはそのまま深くなり、聡一郎も亜鳥を同様に、きつく身体を抱き締めてきたのだった。

うちの殺し屋さんと
スイートホーム

「正直さあ。おっさんの相手するのって、ストレス溜まるんだよねぇ」

「はあ。そういうものですか」

「ま、その分いい思いもさせてもらってるんだけどね」

国産高級乗用車の後部座席。

並んで座っている聡一郎《そういちろう》に愚痴《ぐち》を零《こぼ》してくるのは、ハルキという青年だった。本名なのかどうかはわからない。

すっと鼻筋が通り、まつ毛が長く、色が白い。美形と言ってさしつかえない外見だったが、なんだかひどく年を取って、疲れているような目をしていた。

亜鳥《あとり》と同じくらいの背格好で、たいして年齢も変わらないのだろうが、内面は相当に擦れているように感じる。

聡一郎は現在、この青年の護衛を任されていた。

「実際、あそこも買ってもらったし」

ハルキは、窓の外を眺めながら言う。

そこにはだんだんと近づいてくる高級マンションが、夜の闇を背景に、きらびやかに浮かび上がっていた。

今回、護衛を依頼してきたのは、茂原《しげはら》という有名政治家だ。ハルキは、その情夫をしている。

茂原には妻も子供もおり、当然ながらハルキは日陰の存在だ。

けれど愛人というより、ハルキとしては金目当てと割り切っているらしく、その立場に悲壮感は皆無だった。

「着きました」

淡々と告げる運転手は茂原のお抱えで、余計なことは一切言わないプロだ。

まずは聡一郎が車から降り、地下駐車場をぐるりと見回してから、ハルキに降りるようながす。

「ねえ、ちょっと部屋に寄っていかない？　俺、たまには若い男と遊びたいんだよね」

ハルキはしなだれかかるようにして、聡一郎に腕を絡めてくる。

「申し訳ありませんが、離していただけますか。咄嗟《とっさ》のときに動けないと困るので」

「なんだよケチ。護衛なんつっても、どうせ相手はキレた茂原の女房か、パパラッチでしょ。たいした危害なんて加えられないよ」

「いいえ。小さなことであっても未然に防ぐのが私の仕事です」

「固いなぁ、瓜生《うりゅう》ちゃんは」

年下に馴《な》れ馴《な》れしく言われて不愉快極まりないが、客とあっては仕方ない。

とはいえ要人の警護対象には生意気な富豪の子息や芸能人も少なくないため、聡一郎にとってこうしたことは日常茶飯事であった。

「護衛のお礼に、しゃぶってやってもいいよ？　……それに、上物のアレもある。ふたりでキメてやってみない？」

流し目で囁《ささや》くように言われても、聡一郎の心はぴくりとも動かない。

「申し訳ありませんが、仕事はエレベーターホールまでというお約束ですから」

そのゴールを目指して聡一郎はきらびやかなエントランスを通り、ロビーを突っ切る。

「だから仕事以外での話。俺の部屋に寄ってけって言ってんの」

「光栄ですが、ご依頼主の茂原先生を裏切ることになりますので。ご遠慮させていただきます」

内心、面倒臭いやつだなと思いつつ丁重に断ると、フン、とハルキは鼻を鳴らした。

「あっ、そう。せっかく誘ってやってんのにつまんねー。見た目は好みだけど、中身退屈すぎ。風呂入って寝るわ、バイバイ」

エレベーターに乗った途端、ハルキはボタンを押してドアを閉めた。

聡一郎は安堵《あんど》の溜め息をつき、本日の仕事完了を、依頼人に報告したのだった。

「おかえり、なさいませ」

ハルキの毒気にあてられ、荒《すさ》んだ気分で帰宅した聡一郎を待ち受けていたのは、頭に白い小鳥を乗せ、玄関で三つ指をつく亜鳥だった。

「お風呂がいい？　それともご飯が先？」

亜鳥が小首を傾げて言うと、頭の上の白い文鳥が、ちょこちょことバランスを取るように横歩きで移動する。

聡一郎の眉間に刻まれていた皺《しわ》は一瞬にして消え、思わず頬が緩んでしまった。

「どこで覚えたんだ、そんな言葉」

「ええとね、青果店のおばあちゃん。新婚の人は、仕事から帰った相手を、そうやってお迎えするんだって」

亜鳥が立ち上がると、バササと白文鳥が少しだけ羽をばたつかせる。

この手乗りの白文鳥は、亜鳥が留守番をしている間、少しでも寂《さび》しさが紛《まぎ》らわせられるようにということと、情操教育の一環として、聡一郎が与えたものだった。

ヒナから世話をさせたため、すっかり亜鳥に懐いている。

亜鳥も初めて触れ合った小さな生き物をとても気に入り、ペットに愛情を注ぐということを覚えていた。

少しずつ人らしく成長していく亜鳥が、聡一郎は愛しくてならない。

ただし、白文鳥に対して『コンドル』と名付ける亜鳥のネーミングセンスは、いまだに理解できずにいるのだが。

「それじゃ、先に風呂に入ってから飯にするかな」

聡一郎が言うと、亜鳥はきょとんとしてこちらを見上げる。

「え。お風呂まだ沸かしてない」

「ああ？　だったらどうして、どっちが先かなんて聞いたんだ？」

「だって、そう言うって教えられたから」

どうやら、覚えた台詞《せりふ》を言ってみたかっただけらしい。

「……まあいい。じゃあ、飯を食おう」

「うん。食おう食おう」

亜鳥は言って、文鳥のコンドルを頭に乗せたまま、パタパタとキッチンへ向かった。

「今夜は、シチューにしたよ。ルーを使うと簡単なんだね。俺、ルーって好き。言葉の響きも可愛《かわい》いし、チョコレートみたい」

だが夕飯の料理もまた、完成には至っていないようだった。

これから鍋に投入するらしき具が、皿の上にのったままだったからだ。

部屋着に着替えた聡一郎は、その具材を点検していく。

「鍋の中は……これは豚肉か。にんじん、じゃがいも、玉ねぎと。これだけでいい気もするんだが」

「足りないよ。野菜をいっぱい取ると、身体にいいんだって」

「そりゃそうだが……なあ、カリフラワーとブロッコリーってかぶってねえか。どっちかでいいだろ」

「形は似てるけど、色が違う」

「味も似たようなもんだろ。片方はレンジで温野菜のサラダにしちまえ。……モヤシもなんか違うと思うんだよな……」

「だって、安かったし」

「それに白菜にシイタケってお前、鍋じゃねえんだぞ」

「鍋で作ってるよ？」

「いや鍋料理じゃないってことだ」

「シチューだって鍋で作る料理だよ？」

「それは言葉の上でのことだ。お前は今朝、目玉焼きを食っただろ。でもあれは眼球を焼いたわけじゃない。そういうことだ」

辛抱強く聡一郎が説明すると、なるほど、と亜鳥はうなずいて、頭の上の白文鳥が前後に揺れる。

納得したらしいので、聡一郎はシチューにふさわしくない具材を、別のボウルに取り分けた。

「明日は鍋にしよう。全然違う味の料理ができるってことを教えてやる」

亜鳥は素直に楽しみだと喜んで、鍋に水を足してかき回し出す。

聡一郎はハラハラしつつ見守ったが、その後ろ姿は健気で、どうしようもなく可愛らしかった。

「わ。聡一郎、なに」

思わず背後から手を回し、桜色の耳たぶにくちづけると、亜鳥の肩がビクッと揺れる。

「気にするな。料理をする後ろ姿ってのは、いいもんだなと思っただけだ」

「そ、そう……？　駄目、首のとこ、くすぐったい」

「いい匂いがする。お前も、シチューも」

唇をうなじに滑らせると、あ、と色っぽい声が出たのだが。

ぴいい！　といきなり白文鳥が羽をばたつかせて鳴き始め、聡一郎は身体を引く。

「なんだこいつ、怒ってるのか？」

「みたい。多分、ヤキモチを焼いてるんだと思う」

くすくす笑う亜鳥と、その頭の上で所有権を主張する白文鳥の姿に、聡一郎は苦笑する。

「ほら、お前もご飯にしなさい」

言いながら、亜鳥は白文鳥を指に乗せ、籠《かご》の入り口を開けた。すると白文鳥は素直に指から籠の中に入り、止まり木にぴょんと飛び上がる。

こんなほのぼのした光景が、自分の部屋の中で展開される日が来るとは、想像もつかないことだった。

ほんの数か月前まで酒と生ゴミの匂いがこもり、どこもかしこも薄汚れ埃《ほこり》をかぶって寒々しかった部屋は、すっかり生まれ変わっている。

やさぐれた聡一郎の心そのものだったような室内は、今や綺麗《きれい》に片付けられ、それでいて生活感とぬくもりに溢《あふ》れていた。

「はい。できたよ。聡一郎、スプーン出して」

亜鳥がテーブルに並べている皿も、最近になって揃えたものだ。

お揃いやペアというものを覚えた亜鳥が、すべての食器を対《つい》で欲しがった結果、まさに新婚家庭そのものの食卓になっている。

「聡一郎は、手を洗ってうがいをした？」

もちろんだとうなずくと、亜鳥は両手を合わせ、いただきますをして食べ始める。

「俺ね、聡一郎。前の家にいたとき、食事っていうのは、お腹が空いて辛くて、なにか飲み込んだらそれが治まる、ってことだった」

亜鳥はスプーンに乗せた、湯気の立つじゃがいもの塊《かたまり》をふうふうと吹いて言う。

「でも今は全然違う。こんなふうに誰かのために作って、一緒に食べて味わうのって、すごく……すごくいいよね」

そうだな、と聡一郎は同意した。

亜鳥と出会う以前の聡一郎の食事も、似たようなものだった。面倒なときはインスタント食品すらとらず、酒で腹を満たしていた。

なにを食べても砂を嚙むようで、食事をとらなくてはならない生き物というのは、なんて不便なのだろうとも思っていた。

けれど今は、美味しいね、と満足そうな亜鳥の顔を見ていると、こちらまで腹も胸も満たされる。もっと美味いものを食べさせてやりたいとも思う。

パンとシチューの夕飯が終わると、食器をシンクに片付けた亜鳥は、自分で作ったデザートを持って横にくる。

甘いものが苦手な聡一郎ではあったが、これは食べないわけにはいかなかった。

「今日は、聡一郎のために、あんまり甘くなくしてみたよ。はい」

亜鳥がスプーンですくって差し出したのは、宝石のシトリンのような色のゼリーだ。

あーんして、と口元に持ってこられて、聡一郎は照れてしまった。

「いい、自分で食うから。お前も食え」

「なんで口を開けないの？　俺も食べるけど、最初は聡一郎が食べて」

あーん、と言いながら、亜鳥も口を開けている。

その唇のほうが聡一郎にとっては、ゼリーよりずっと魅力的だった。

亜鳥、と名前を呼んで、細い腰に手を回して引き寄せる。

スプーンを手に持ったままの亜鳥は慌《あわ》てつつも、素直に誘導に従って、腰掛けている聡一郎の足の上に、向かい合うようにして座った。

「この格好だと、ゼリーが食べにくいよ？」

「ああ。とりあえず、今手に持ってるのはお前が口に入れろ」

「もう。聡一郎に食べて欲しいのに」

言いながら、渋々と亜鳥はスプーンを口に運んだ。

「ん？　んん……」

その唇に、聡一郎はくちづける。

レモンのかすかな苦みと爽《さわ》やかな酸味と甘さが、互いの口腔《こうこう》を満たしていく。

カラン、と音を立てて亜鳥の手からスプーンが落ちた。

小柄な体躯《たいく》はしっかりと聡一郎の背中にしがみつき、聡一郎もまた亜鳥をきつく抱き締めて、くちづけを深くする。

「……んっ、う」

亜鳥のシャツの中に手を入れると、指を滑らせるたびに、感じやすい身体がぴくっと反応を返してきた。

「んぅ、あ……あっ」

片方の手で背中を支えつつ、もう片方の手で胸の突起をまさぐると、たちまち亜鳥の目はとろんとなる。

聡一郎は首筋にキスを落としながら、亜鳥が着ていたシャツを裾《すそ》からまくり上げていった。

「だっ、駄目……まだ、お皿、洗ってな……あっ、やぁ」

あらわになった胸の突起を唇に含み、きつく吸う。亜鳥は耐え切れないというように目を閉じて、切なそうに喘《あえ》いだ。

「お、落ちちゃ……う、っあ、はあっ」

胸への刺激で背を反らし、体勢を崩す亜鳥だったが、聡一郎の片方の手は、しっかりと腰を抱えて離さない。

「いやっ、あ……ああんっ」

舌先で突起を押し、ほんのかすかに歯を立てると、ひときわ艶《つや》のある声が亜鳥の唇から漏れた。

亜鳥の足の間のものが熱を持ち、窮屈《きゅうくつ》だとデニムパンツを押し上げているのが聡一郎にも見て取れる。

「そ、いちろ……っ、も、もう、俺……」

「ベッドに行くか？」

こくこくと激しく亜鳥がうなずいたとき。

ピリリリ、と聡一郎の、仕事用の携帯電話のコール音がした。

――タイミング、最悪じゃねえか！

聡一郎は歯噛みしたが、仕事では仕方ない。

「亜鳥。ちょっと待ってろ」

「え……？」

愛撫《あいぶ》に酔ったようになり、さらに強い快感を待ちわびていた身体をそっと引きはがして椅子に座らせると、聡一郎は急いで電話に出る。

「お待たせいたしました、瓜生です」

『茂原だ。今日は、世話になった』

野太い声に、聡一郎は嫌な予感を覚える。

「こちらこそお世話になりました。どうされましたか、ハルキさんの件でなにか」

『まあそうなんだが。実はあいつが猪《いのしし》を食いたいと言い出してな』

「猪……ですか」

『うん、なんだったかな。ジビ……リ、でなく、ジブエとかなんとか。そういうのを食いたいらしい』

はあ、と聡一郎は、眉間に皺を寄せて相槌《あいづち》を打つ。

『それでちょっと、奥多摩《おくたま》の山中まで食いに連れていってやろうと思うんだが。週末はかなり先まで予約が埋まっていてな。俺の名前を出したんだが、頭の固い店主で融通がきかん。そこで平日の明後日、なんとか時間を作って予約を取った』

察するに、ハルキがどうしても早く食べさせろと我儘《わがまま》を言って聞かないのだろう。

「わかりました。そこに私も同行しろということですね？」

『ああ。急なことだし、仮病で仕事の予定をほったらかすとなると、公用で雇っているボディガードは外聞が悪くて連れていけん』

――面倒臭いことになったな。

渋い顔になった聡一郎の耳に、ふいに甘い声が飛び込んでくる。

「聡一郎……まだ……？」

椅子の上で着衣を乱れさせたまま、亜鳥が潤んだ目でこちらを見つめていた。

う、と聡一郎は、すぐにでもその身体を抱いてベッドに突進したいのを、ぐっと堪《こら》える。

必死になまめかしい亜鳥の姿から視線を引きはがすと、気を取り直すように咳払《せきばら》いをした。

「失礼。ええと、そうなるとですね。おふた方を私ひとりで警護するということになりますが。正直、ひとりでは万全とは言えません」

ただでさえハルキというのは落ち着きがない男で、勝手気ままな行動が多い。

だからハルキだけに気を取られていると、茂原の警護がおろそかになると聡一郎は危惧《きぐ》していた。

「できればせめてもう一名、別の警備会社からでも人を雇っていただけませんか」

『いや、それは……私用の身辺警護を頼むということは、わしのプライバシーを晒《さら》す危険が常に伴うということだ。軽々と依頼はできん。といって君ほどに信頼できると定評のあるものは、明後日までには見つからん』

——だったら愛人と飯食いに行くのをやめろ。簡単なことだろうが。

喉元まで出かけた言葉を、聡一郎は飲み込む。

「聡一郎、早く。俺のここ、熱くてじんじんする……」

喘ぐような吐息混じりで、またも亜鳥が催促してくる。

本当にもう耐え切れないようで、亜鳥は自分のものに、そろそろと手を伸ばして慰めようとしていた。

——これを見せられながら仕事の話をしろって、拷問《ごうもん》だろ。なんの罰だ。

すべての理性を総動員して、聡一郎は必死に電話に集中する。

「……ですが、万が一なにかあった場合に、責任が取れません。明後日の行動予定にしても、絶対に漏れていないとは言い切れないのでは」

『ううん。そう言われると確かに……。君のほうには、誰か頼めるものはおらんのかね』

「私はフリーランスですし、仕事を依頼できるような同業者は」

「……もお……っ、俺がやる！」

言いかけた聡一郎を遮《さえぎ》ったのは、もう我慢も限界といった様子の、火照《ほて》った顔をした亜鳥だった。

「人が足りないなら、俺が手伝うから。だから、聡一郎」

来て、と手を差し伸べる亜鳥にくらくらしつつも、聡一郎は即座に拒絶する。

「駄目だ。なにを言い出す」

迂闊《うかつ》に聡一郎の仕事に関わることで、厄介《やっかい》ごとに亜鳥が巻き込まれることもあるかもしれない。

けれど焦らされて不機嫌になっている亜鳥は、強情に言い張る。

「掃除だって、聡一郎と一緒にすると、早く終わるじゃない。仕事だって、俺と一緒のほうが早く終わるよ」

ちょっと失礼、と聡一郎は電話をいったん保留にして、亜鳥に向き直る。

「そういう問題じゃない。お前はまだ、世間てものを知らなすぎる」

「教えてもらえないと、知らないままだ。俺は、聡一郎の仕事を知りたい」

なおも聡一郎は拒否する言葉を口にしようとしたが、その前に亜鳥は先制攻撃を仕掛けてくる。

「手伝わせてくれないなら、いい。勝手についていく」

プイ、と横を向いた亜鳥から、聡一郎は危険な兆候を感じ取った。

放っておいたら、本当に亜鳥はなにをするかわからない。

困ったことに、依然社会の大部分は知らないままだが、多少なりとも金銭の使い方などを学ばせたことによって、今の亜鳥にはサバイバル能力はあるのだ。

本気で自分を追って外に出られたら、糸の切れた凧《たこ》のように、どこへ行ってしまうか見当もつかなかった。

――まあ……俺と一緒にいて、素人《しろうと》を相手にする分には問題ないかもしれないな。

「亜鳥。誰が襲ってきたとしても絶対に殺さずに、手加減できるか？」

尋ねると、うん！　と嬉しそうに返事をされて、聡一郎は腹をくくった。

「もしもし。お待たせしました。……その件、こちらで人員を一名増やして、承《うけたまわ》らせていただきます」

言って、やれやれと電話を切った途端。

うわ、と聡一郎はよろめいた。亜鳥がいきなり、足払いをかけてきたのだ。

「おい、なにしやが……亜鳥！」

なんとか堪えた聡一郎だったが、そこに亜鳥が飛びついてくる。

「痛え！　危ないだろうが」

支え切れず、ふたりしてもつれ込むように床に倒れ、したたかに腰を打ちつけた聡一郎が怒鳴ると、亜鳥はむくっと上体を起こした。

「聡一郎が悪い」

　む、と頬を膨らませた亜鳥は、仰向けになった聡一郎の上に、どすんとまたがる。

「ああ？　なに言ってんだ、仕事の電話をしてたんだろうが」

「早くって言ったのに。俺をあんなにしておいて、他の人と話すなんて、ずるい」

「だからそれは……おっ、おい、亜鳥」

　ぷちぷちと、細い指がシャツのボタンをはずし始めて、聡一郎は慌てる。

「それにずっと思ってたけど、聡一郎が俺にするみたいに、俺も聡一郎にしてみたい」

　はあ？　と聡一郎は、盛大に顔をしかめた。

「ふざけるな！　待てこら、おい！　どこを触ってるんだ！」

　どうやら亜鳥が上になるつもりらしいと悟って、聡一郎は本気で焦《あせ》る。

　体格差はあるが、暗殺教育を施《ほどこ》されている亜鳥がその気になったら、敵《かな》わないかもしれない。

「亜鳥、離せ。わかった、俺が悪かったから」

「駄目。今日は、俺がする」

　亜鳥にしっかりとつかまれた両手首は、動かすのに重要な筋を強く押さえられているらしく、情けないことに振りほどけない。

「おい、待っ……ん、う」

唇が重ねられ、するりと小さな舌が入ってくる。

――まいったな、これは。……でもな、亜鳥。体術じゃどうにもならないってこともあるんだぞ。

尖《とが》った舌先を、聡一郎の舌が絡め、とらえ、きゅっと吸った。

「はう、ん」

唾液が零れてくるまでそうしてから、さらにきつく吸い上げると、亜鳥の腰が無意識に揺れ出す。

さらには絡めていた舌を解放して上顎《うわあご》をくすぐると、亜鳥は切なそうに眉を寄せ、手の力が緩んだ。

自由になった両手で、聡一郎は、しっかりと亜鳥を抱き寄せる。

「ん、んむ……」

亜鳥の目はとろんとして、くたくたと身体から力が抜けていく。

そうして無事に聡一郎は、いつものように亜鳥を陥落《かんらく》させ、その身体を心ゆくまで可愛がったのだった。

亜鳥にボディガードの仕事を手伝わせるにあたり、ひとつやっておくべきことがあった。茂原もハルキも人間として問題はあるが、それでもれっきとした客であり、極道とは違う一般人のクライアントだ。

仕事の場に亜鳥を出すには、多少は身なりをなんとかしなくてはならない。

聡一郎は翌日、亜鳥を美容院へと連れていった。

「綺麗な髪なのに、すごく不揃いですね。あまり美容室は利用されないんですか？」

ミントグリーンの大きなピアスをつけた、オレンジ色の髪のスタッフに言われ、亜鳥はぎこちなくうなずいた。

他人に頭を触られるのは、あまり好きではないらしい。

苦笑して見守っている聡一郎に、不安そうに亜鳥は聞いてくる。

「これから、俺の髪を切るの？」

「ああ。仕事中には高級店に入ることもある。今のままじゃ、ちょっとまずいからな」

「これまではどうされていたんですか？」

髪を梳《くしけず》りながら尋ねるスタッフに、あっけらかんと亜鳥は答えた。

「自分で、適当に切ってた」

「なるほど、それじゃあ不揃いなのも仕方ないですね。本日は、どうされます？」

お任せで、と聡一郎が言う前に、亜鳥が答える。

「じゃあ、コンドルみたいにして」

「……はい？」

「こいつの言うことは無視してください」

とまどうスタッフに、聡一郎は小声で囁く。それから鏡の中の亜鳥に言った。

「お前な。コンドルみたいな頭ってどんなヘアスタイルだよ。アンデスに思い入れでもあるのか」

「それは知らないけど、コンドルはかっこいいじゃない」

「あのなあ、かっこいいからって、マネすりゃいいってもんじゃないんだぞ。ウサギが馬に憧《あこが》れたとしても、同じような足になったらバランスが変だろうが」

一度目を閉じ、すらりとした逞《たくま》しい美脚のウサギを想像したのか、確かに、と亜鳥は納得した。

「じゃあ、人間ならいい？　俺、青果店のおばあちゃんみたいにしたい」

ひとりで美容室に来させなくてよかった、と聡一郎は内心つくづくと思う。

「似合う髪型は、人によって違うんだ。お前はお前らしい髪型にしろ。そういうふうに、この人にお願いするから」

苦笑している女性スタッフに軽く頭を下げ、聡一郎は自分もカットのために、別のスタッフと指定された席に移動する。

亜鳥はいろいろと腑《ふ》に落ちない様子だったが、あきらめたのかおとなしくなった。

ふたりともカットだけだったので、ほとんど同じタイミングでセットが終了する。

「いかがですか？　私が言うのもなんですけれど、カットした甲斐《かい》があったというか……すごく素敵になられましたよ」

くるりと亜鳥の座った椅子を回転し、スタッフにうながされてその姿を見た聡一郎は、一瞬目を見開いた。

「亜鳥、お前……すごいな。見違えた」

「そう？　退屈だったけど、シャンプーは気持ちよかった」

亜鳥はすっかり機嫌を直していたが、自分の髪型には興味がないらしく、鏡をほとんど見ない。

それよりも散髪したての聡一郎をまじまじと見て、ポッと頬を染めた。

「なんだか聡一郎、すごく……かっこいい」

聡一郎にしてみれば、そういう亜鳥こそ一気に垢抜《あか》け、これまでより何倍も美貌が際立ったと思う。

けれどスタッフたちの手前、互いに顔を赤くしているわけにはいかない。

亜鳥をうながして、そそくさと会計に向かうと、店長が飛んでくる。

「あの、できましたらお写真を撮らせていただけませんか。うちのホームページで宣伝用に使わせていただきたいのですが」

店長は、キラキラとした目を亜鳥に向けていた。

「いや、悪いけどこいつはそういうの、苦手なんで」

断ると、亜鳥はホッとしたような顔をする。おそらく、見ず知らずの大勢に顔を見られることに、拒否感があるのだろう。

実際、亜鳥は組に世話をされていた頃、多くのいざこざに関わっていたはずだ。

誰が目にするかわからないところに、顔を晒させるわけにはいかなかった。

「聡一郎。もう、帰ろう」

早く早くと亜鳥に袖《そで》を引っ張られ、会計を済ませて店の外に出る。

だが今日は、もう一か所別の店にも用事があった。

美容院は駅ビルにあり、ふたりはさらに上の階へと向かう。

エレベーターの中で、天使の輪を乗せている亜鳥の頭を見下ろしつつ、聡一郎は言う。

「なあ亜鳥。前から思っていたんだが、お前の服はなんでどれもこれも、カラスみたいに黒いんだ」

言われて、亜鳥は自分の胸元から、足の先までを見た。

「多分だけど、仕事のときとか目立たないし、汚れてもあまり気にならないから」

「……洗濯ものは、世話人とかいうのが回収してたって言ってたよな？」

「うん。ビニール袋に入って返ってくるけど、お金がかかるからあまり出すなって言われて、臭くなるまではずっと同じのを着てた」

「ひでえな。じゃあ別に、お前自身の好みってのはないんだよな？」

「好み？　なにが？　黒いこと？」

服全般だ、と聡一郎は言ったのだが、亜鳥にはまったくピンとこないようで、困惑《こんわく》した顔になる。

「ええと……寒いときは、暖かいのが好き」

その答えに聡一郎は苦笑するしかなく、わかった、とうなずいた。

エレベーターを降りた先のフロアには、紳士服売り場がある。

聡一郎はそこで、亜鳥に新しい服を購入しようと考えていた。

「お似合いです。おお、こちらもよくお似合いですよ。実にお似合いです」

どうかしていると思うほど同じ言葉ばかり繰り返す店員に、亜鳥は何着もの服を着せられてとまどっていた。

聡一郎はそれを眺めつつ、ひとりで納得する。

——……薄汚れた黒い服ばかり着せていたわけだ。こんな芸能人みたいなのを連れ歩いたら、目立ってどうにもならない。組の連中も仕事にならねえだろう。

亜鳥は鏡の中の、しっとりした肌触りのシャツに、薄いカシミアのニットを重ね、ウールのパンツに革靴を履《は》いた自分の姿を、途方にくれたように眺めていた。

「なんだか、俺じゃないみたい。聡一郎は、どう思う？」

率直に答えるには、店員の視線が気になる。

聡一郎は、亜鳥の耳に小声で囁いた。

「すごく可愛い。王子様みたいだ」

すると一瞬にして、亜鳥の首から上が赤くなる。

「ほ、ほんと？　それじゃ、俺、こういう服が欲しい」

よし、と聡一郎はうなずいた。

「今着てるの一式は、そのまま着せて帰る。さっき着せたこれとこれ、それとそっちも包んでくれ」

「はいっ、誠にありがとうございます。いや、それにしても本当にお似合いですよ」

店員が山のように服を抱えて、会計のために場を離れると、亜鳥は緊張から解放されたように、ふう、と息をつく。

「これでもう、帰れる？」

「ああ。お疲れさん」

髪を撫《な》でると、亜鳥は嬉しそうに笑う。

その姿はあまりに眩《まぶ》しく聡一郎の目に映り、危うく抱き締めてしまいそうになるのを、懸

命に堪えた。

「おい、着いたぞハルキ。よく寝ていたな」

奥多摩の山道をかなり奥まで走った場所にある、古民家を利用したジビエ料理の人気店で昼食を済ませ、途中カフェテリアで休憩するなどして都内に戻ってきた頃には、もう日が暮れかけていた。

後部座席ですっかり眠りこけていたハルキは、隣の茂原の声に目を開けて、ううんと伸びをする。

「あー。さすが山奥まで行くと疲れる。でも美味しかったけど」

「なんで疲れるの？　食べて寝てただけなのに」

正直すぎる亜鳥の言葉に茂原は苦笑し、ハルキは唇を突き出した。

「なにこいつ。クソ可愛い顔のくせに、言うことはクソ生意気だよね」

「申し訳ありません。教育ができておりませんが、本日は人手が欲しかったものですから」

長時間で遠距離移動の面倒な仕事ではあったが、あとはふたりをマンションのエントランスまで送れば終わりというところまできていた。

聡一郎は気を抜かないようにしつつ、辺りに注意を払って車から降り、亜鳥もそれに続く。後部座席のドアを開き、ハルキと茂原、それぞれの警護をしながらエントランスまであと一歩という、そのとき。

「ぐお！」

野太い悲鳴がして、聡一郎は顔色を変えてそちらを見た。

同時に、どすん、と茂原の身体が駐車場のアスファルトにくたくたと崩れ落ちた。

そのすぐ横に、亜鳥が申し訳なさそうに佇《たたず》んでいる。

「ごめん、聡一郎」

「お前がやったのか？　どういうことだ！」

聡一郎は駆け寄って、白目をむいて倒れている茂原を助け起こそうとする。

だって、と亜鳥はもじもじしながら説明した。

「このおじさん、俺のお尻、触ったから」

「なんだと！」

亜鳥の言葉に聡一郎は、反射的に茂原の身体から手を離した。

もう一度ひっくり返った茂原を見て、ハルキは爆笑する。

「どうしようもねえな、このおっさんは」

「も、申し訳ありません」

「いいってていいって。いつも威張りくさってるエロオヤジにはいい薬だよ。なんかスカッとした」

そう言われても、契約違反どころか傷害で訴《うった》えられても文句は言えない状況だ。

頭を下げる聡一郎を見て、慌てたように亜鳥は茂原の上体を起こし、やっ、と気合を入れて背中を膝で押した。

うう、と呻《うめ》いて意識を取り戻した茂原は、ゆっくりと頭を振る。

「なんだ、どうしたんだわしは……」

聡一郎が謝罪しようとするのを遮り、ハルキがしゃがみ込んで茂原に言う。

「そこの段差につまずいてコケたんだよ。そろそろ杖《つえ》が必要な年なんじゃねえの？」

「おいおい、そりゃないだろ……」

高級仕立てのスーツの埃を払いながら茂原は立ち上がり、無事に仕事は終了したのだが。

去り際にハルキが、ついと寄ってきて聡一郎に耳打ちしてくる。

「なんであんたが俺になびかないのか、理由がよくわかった。その子、気に入ったからまた連れておいでよ。三人で遊ぼう？」

「いえ。お断りします」

厳しい声でぴしりと言うと、ハルキはチッと忌々《いまいま》しそうに舌打ちする。

けれど苦笑して、それじゃあご苦労様と手を振った。

亜鳥はきょとんとしていたが、じゃあねと手を振り返す。

「……これで今日の仕事は終わり？」

「ああ、お疲れさん。頑張ったご褒美《ほうび》だ、なんか美味いものでも食っていくか？」

尋ねると、ううん、と亜鳥は首を振る。

「コンドルも待ってるから、家で食べる。……それに聡一郎とふたりだけで食べるご飯が、俺は一番美味しいから」

「そうだな。本当にそうだ。……早く帰ろう。俺たちの家に」

今日の夕飯の具材も調理方法も、どこか少し間違っているかもしれない。

けれど亜鳥の作った料理はどんな高級店のものより美味しいと、聡一郎も確信してそう答えたのだった。

あとがき

こんにちは、朝香《あさか》りくです。初めての読者さまは初めましてです。

なぜか気が付いてみると、夜の歓楽街やお酒にまつわるお話を多く書いているのですが、私自身はお付き合いで飲む程度しか、お酒は口にしません。でもしっとりと落ち着いた老舗のバーや、立ち飲み屋さんのフレンドリーな空気は、なんだかわくわくして好きです。

今作も夜の街から始まるお話ですが、少し変わった天然な主人公のお話になりました。そんな不思議ちゃんを、八千代ハル先生が思い切りキュートなヴィジュアルに仕上げてくださいました！　本当にありがとうございました！　さらに表紙を引き立てるべくデザインしてくださったデザイナー様、担当様、この本を出すにあたってご尽力くださったすべての皆様、そして読者様に感謝です。またいつか、別のお話でお会いできますように。

二〇一七年一月　朝香りく

Splush文庫

この本を読んでのご意見・ご感想をお待ちしております。

◆ あて先 ◆

〒101-0051
東京都千代田区神田神保町2-4-7 久月神田ビル7階
㈱イースト・プレス　Splush文庫編集部
朝香りく先生／八千代ハル先生

うちの殺し屋さんが可愛すぎる

2017年1月27日　第1刷発行

著　者　朝香《あさか》りく
イラスト　八千代《やちよ》ハル
装　丁　川谷デザイン
編　集　藤川めぐみ
発行人　安本千恵子
発行所　株式会社イースト・プレス
〒101-0051
東京都千代田区神田神保町2-4-7 久月神田ビル
TEL 03-5213-4700　FAX 03-5213-4701
印刷所　中央精版印刷株式会社

ISBN 978-4-7816-8606-6